राष्ट्रसेविका
माँ अहिल्याबाई होल्कर

राष्ट्रसेविका
माँ अहिल्याबाई होल्कर

निखिलेश महेश्वरी

प्रकाशक

प्रभात प्रकाशन प्रा. लि.

4/19 आसफ अली रोड, नई दिल्ली-110002

फोन : 011-23289777 • हेल्पलाइन नं. : 7827007777

इ-मेल : prabhatbooks@gmail.com ❖ वेब ठिकाना : www.prabhatbooks.com

संस्करण

प्रथम, 2025

पेपरबैक मूल्य

तीन सौ रुपए

मुद्रक

आर-टेक ऑफसेट प्रिंटर्स, दिल्ली

———— ★ ————

RASHTRASEVIKA MAA AHILYABAI HOLKAR

by Shri Nikhilesh Maheshwari

Published by **PRABHAT PRAKASHAN PVT. LTD.**

4/19 Asaf Ali Road, New Delhi-110002

ISBN 978-93-5562-375-1

₹ 300.00 (PB)

मनोगत

विश्व इतिहास में अनेक राज्यों के राजाओं-चक्रवर्ती सम्राटों तथा रानी-महारानियों के नाम तथा उनके ऐश्वर्य और अकूत धन-संपदा या सुदर्शन व्यक्तित्व का वर्णन हम पढ़ते-सुनते हैं। इससे भिन्न इंदौर के होल्कर राज्य की रानी अहिल्याबाई का वर्णन नाम के साथ तीन विशिष्ट विशेषणों के साथ आता है—'देवी', 'पुण्यश्लोक' तथा 'लोकमाता'।

'पुण्यश्लोक' अर्थात् ऐसा राज्यकर्ता, जो अपनी प्रजा को समस्त कष्टों, अभावों से मुक्त कर राजा के रूप में अपने कर्तव्यों का अन्यतम निर्वहन करता है। देवी अहिल्याबाई ने अपने शासनकाल में प्रजा को आक्रांताओं से सुरक्षा देने के साथ-साथ उसकी समृद्धि का भी ध्यान रखा। वह संक्रमणकाल, जब एक ओर प्लासी का युद्ध षड्यंत्रपूर्वक जीतकर अंग्रेज पूरे भारत पर अपना प्रभुत्व स्थापित करने का प्रयास कर रहे थे और दूसरी ओर उत्तर भारत में गुलाम कादिर और अहमदशाह अब्दाली की नृशंसता से मराठा शक्ति क्षीण होने लगी थी, उन परिस्थितियों में अपने राज्य को स्वत्व जागरण के संकल्प के साथ विकसित और समृद्ध बनाना अन्य राज्यकर्ताओं के लिए एक उदाहरण है। प्रजा को रोजगार मिले, इसके लिए उन्होंने कृषि के साथ उद्योगों की स्थापना की, वह भी महेश्वर के वस्त्र उद्योग जैसा उद्योग, जो आज भी अपने वैशिष्ट्य के साथ चल रहा है।

माता की भाँति अपनी प्रजा की चिंता करनेवाली, सब प्रकार की विषमताओं में अविचलित, न्यायप्रियता एवं प्रजावत्सलता की प्रतिमूर्ति देवी

अहिल्याबाई को 'लोकमाता' तो स्वाभाविक रूप से लोक ने ही बनाया। आज हम नारी सशक्तीकरण की बात करते हैं, किंतु भारत में मातृशक्ति कितनी सशक्त थी और क्या-क्या करने में सक्षम थी, उसका अनुकरण करने योग्य आदर्श हमें देवी अहिल्याबाई के जीवन चरित्र में दिखाई देता है। पुत्र न होने पर विधवा की संपत्ति राजसात किए जाने के नियम को समाप्त करना तथा अपनी बाल सखी रेणु के पति की मृत्यु के बाद पुनर्विवाह कराना इसका उदाहरण है।

संपूर्ण राष्ट्र में सुप्त सांस्कृतिक चैतन्य का पुनर्जागरण देवी अहिल्याबाई का संकल्प था। अपने राज्य में कला, कुटीर उद्योग, कृषि तथा शिक्षा व्यवस्था को ठीक दिशा में विकसित करने तक उनका कार्य क्षेत्र सीमित नहीं रहा, बल्कि देश भर में आक्रांताओं की क्रूरता का शिकार हुए भग्न मंदिरों का जीर्णोद्धार कराया, नए मंदिर बनवाए, उनमें प्रवचन कक्ष और संत निवास बनवाए, क्योंकि उनका स्पष्ट विचार था कि भारत का पुनर्जागरण अपनी सांस्कृतिक जड़ों से जुड़कर ही हो सकता है। भेदभावरहित समरस समाज में जाति या वर्ण के स्थान पर गुणों को वरीयता का आदर्श उन्होंने स्वयं अपनी पुत्री के विवाह द्वारा स्थापित किया, जब उन्होंने समाज को डाकुओं के भय से मुक्त करनेवाले युवक को अपना जामाता बनाया।

देवी अहिल्याबाई युद्ध की पक्षधर नहीं थीं। उन्होंने कभी किसी अन्य राज्य पर आक्रमण नहीं किया, किंतु अपनी सेना का पुनर्गठन कर उसे सन्नद्ध किया, क्योंकि वे मानती थीं कि शांति स्थापना के लिए भी शक्ति की आवश्यकता होती है।

तीक्ष्ण और विवेकपूर्ण बुद्धि से युक्त, निर्णय क्षमता एवं दूरदर्शिता के गुणों से युक्त, मातृशक्ति की प्रतीक लोकमाता पुण्यश्लोक देवी अहिल्याबाई होल्कर की त्रिशताब्दी पर उनके व्यक्तित्व, नेतृत्व, कर्तृत्व से वर्तमान पीढ़ी को अवगत कराने के लिए वर्षपर्यंत कार्यक्रमों का आयोजन एक स्वागतेय कदम है।

तीन सौ वर्षों के बाद भी जिनका चरित्र और कर्तृत्व हमारे लिए आदर्श है, जिनके लिए ये विशेषण किसी सरकार द्वारा दी गई उपाधि के कारण नहीं, बल्कि जन-जन में उनके प्रति श्रद्धा का परिणाम है, ऐसी देवी अहिल्याबाई के त्रिशताब्दी वर्ष के पुण्य प्रसंग पर श्री निखिलेश महेश्वरीजी द्वारा देवी अहिल्याबाई के जीवन के विशिष्ट पक्षों का अनुशीलन कर परिश्रमपूर्वक रचित यह पुस्तक आज के समाज को उस महान् विभूति के जीवन के विविध प्रसंगों और उनके चरित्र की विशेषताओं से अवगत कराएगी, इस अपेक्षा के साथ मैं यह पुस्तक 'राष्ट्रसेविका माँ अहिल्याबाई होल्कर' अंत:करण की शुभाशंसा सहित सुधी पाठकवृंद को सौंपता हूँ।

—अवनीश भटनागर

अ.भा. महामंत्री, विद्याभारती

प्रस्तावना

देश के महापुरुषों ने अपने जीवन मूल्यों की रक्षा करने के लिए सारे सुख-वैभव का त्याग कर दिया। विपरीत परिस्थितियों में भी जीवन-मूल्यों के अनुरूप अपने जीवन को बनाए रखा, लेकिन आज विद्यालय में पढ़ाए जा रहे पाठ्यक्रम में ऐसे महापुरुषों का जीवन आदर्श पढ़ाया नहीं जा रहा है और कहीं-कहीं पढ़ाया भी जा रहा है तो उसमें वह सब नहीं है, जिससे हमारे विद्यार्थी उन्हें अपना जीवन आदर्श बना सकें। आज इसी का दुष्परिणाम है कि जीवन मूल्य, नैतिकता, नागरिक अनुशासन जैसे विषयों का हमारी युवा पीढ़ी में सर्वथा अभाव दिखाई देता है। इसके विपरीत भ्रष्टाचार, अनाचार, नशाखोरी, अनैतिक कार्य और बढ़ते अपराध से भारतीय जीवन मूल्यों का ह्रास होता दिखाई देता है।

अब अगर हमें इस सांस्कृतिक अवमूल्यन से आनेवाली पीढ़ी को बचाना है तो इसका एक ही समाधान हो सकता है कि हम हमारी आनेवाली पीढ़ी के सामने ऐसे उच्च जीवन आदर्श रखें, जिससे वह प्रेरणा ग्रहण कर सकें और उन महापुरुषों को अपना जीवन आदर्श बना सके। अहिल्याबाई होल्कर इन्हीं जीवन आदर्शों में से एक हैं।

अहिल्याबाई होल्कर ने विपरीत परिस्थितियों में मालवा के शासन तंत्र की बागडोर अपने हाथ में सँभाली थी। अपनी मजबूत प्रशासनिक क्षमता, सादगी, धार्मिक कार्य और सांस्कृतिक मूल्यों पर दृढ़ रहकर भारत के 'स्व'

के आधार पर अपनी राज व्यवस्था को खड़ा किया था। अहिल्याबाई ने भारत के 'स्व' को जागृत कर घोर अंधकार में अपने राज्य को एक प्रकाश पुंज के रूप में तैयार किया था, जो कि सबके लिए प्रेरणा बन गया। उनके 'स्व' के भाव पर आधारित राज्य को वास्तविक रूप से 'स्व' तंत्र राज्य अर्थात् स्व आधारित शासन तंत्र कहा जा सकता है, जो भारत के 'स्व' को जन-जन में जागृत करनेवाला बन गया। जो कि देवी अहिल्याबाई को एक जननायिका के रूप में इतिहास में प्रकाशित दीपक के रूप में उनकी स्मृतियों को जनमानस के मन में स्थायी कर गया। अपने 'स्व' के आधार पर उन्होंने शासन तंत्र, न्याय व्यवस्था, धार्मिक कार्य, उद्योग एवं जनकल्याण की योजनाएँ चलाकर एक आदर्श राज्य कैसे अपने 'स्व' के आधार पर खड़ा हो सकता है, यह सिद्ध करके दिखाया। वर्तमान में उसी 'स्व' के भाव को हम सब को प्रत्येक क्षेत्र में जागृत करना होगा। यही हमारे लिए उनके जीवन से प्रेरणा होगी।

देवी अहिल्याबाई होल्कर के कार्य, उनकी कार्यशैली के साथ ही एक सामान्य किसान की बेटी से मालवा की महारानी बनने की जीवन यात्रा अद्भुत और प्रेरणादायी है। उनका बचपन, उनकी बुद्धिमत्ता, सद्-चरित्रता, जिज्ञासु स्वभाव, साहस, धैर्य, विनयशीलता, निर्भीकता और रूढ़िवादिता के विरुद्ध सृजनात्मकता जैसे गुण उन्हें एक देवी और लोकमाता के रूप में प्रसिद्धि दिलाते हैं। अपनी प्रजा और धर्म के लिए किए गए कार्यों के कारण लोग उन्हें अपनी स्मृति में आज भी सहेजे हुए हैं। वास्तव में उनके सामाजिक कार्यों के कारण ही उन्हें 'पुण्यश्लोक अहिल्याबाई' कहा गया है।

उनके ऐसे प्रेरक जीवन चरित्र को हर कोई जानने, सुनने, समझने और पढ़ने को इच्छुक रहता है। इसी को ध्यान में रखकर माँ अहिल्याबाई होल्कर के जीवन के कुछ पहलू और कार्यों को पुस्तक रूप में लिखने का मैंने एक छोटा सा प्रयास किया है।

इस पुस्तक में विभिन्न अध्यायों के माध्यम से देवी अहिल्याबाई के जीवन के विविध कार्य और जीवन प्रसंग को रखने का प्रयास किया गया है।

पुस्तक के संयोजन में मुझे अनेक कार्यकर्ताओं का मार्गदर्शन और आशीर्वाद मिला है। मैं उन सभी कार्यकर्ताओं का धन्यवाद व्यक्त करता हूँ। मेरी इस पुस्तक में श्री अवनीशजी भटनागर, महामंत्री विद्या भारती अखिल भारतीय शिक्षा संस्थान, नई दिल्ली का मनोगत मेरे लिए आशीर्वादस्वरूप प्राप्त हुआ है। मैं उनका हृदय से धन्यवाद व्यक्त करता हूँ। पुस्तक में वर्तनी सुधार के लिए डॉ. सुदीप शुक्ला, विदिशा एवं योगेंद्र कुलश्रेष्ठ, शारदा प्रकाशन का सहयोग मिला है, मैं उनके इस सहयोग के लिए उनके प्रति कृतज्ञता व्यक्त करता हूँ। पुस्तक टाइपिंग करने में विजय पाटिल भोपाल ने सहयोग किया है एवं मुख्य पृष्ठ का डिजाइन करने में श्रीमति अंजु यादव, शारदा प्रकाशन ने सहयोग किया है। उनके सहयोग के लिए कृतज्ञ हूँ।

प्रभात प्रकाशन दिल्ली द्वारा पुस्तक प्रकाशित किया जाना गौरव की बात है, इसलिए मैं विशेष रूप से प्रभात प्रकाशन दिल्ली का कृतज्ञ हूँ, जो उन्होंने पुस्तक 'राष्ट्रसेविका माँ अहिल्याबाई होल्कर' का प्रकाशन किया है।

यह पुस्तक पाठकगण को पसंद आएगी। ऐसा मुझे विश्वास है कि मेरे इस छोटे से ग्रंथ को आप सभी का स्नेह और प्यार मिलेगा। इसमें कोई कमी होगी तो उसके लिए आपके अमूल्य सुझाव भी मिलेंगे। इसी विश्वास के साथ देवी अहिल्याबाई के 300वें जन्मवर्ष पर 'राष्ट्रसेविका माँ अहिल्याबाई होल्कर' पुस्तक सुधी पाठकों को समर्पित करता हूँ।

—निखिलेश महेश्वरी
'प्रज्ञादीप' हर्षवर्धन नगर, भोपाल
nikhileshkm81@gmail.com

अनुक्रम

भारत का गौरव गान अहिल्या

भारत का गौरव गान अहिल्या,
मालवा का सम्मान अहिल्या।
धर्म-आचरण स्वाभिमान अहिल्या,
जनमन का मंगल गान अहिल्या॥ 1॥

नैतिकता, सद्व्यवहार अहिल्या,
दान-पुण्य और परमार्थ अहिल्या।
जनता उनकी संतान अहिल्या,
प्रजा कहती भगवान् अहिल्या॥ 2॥

प्रकृति प्रेम का नाद अहिल्या,
मार्ग में वृक्ष लगाए अहिल्या।
पशु पालन, रोजगार अहिल्या,
जलाशय, मंदिर निर्माण अहिल्या॥ 3॥

सुख-समृद्धि, व्यापार अहिल्या,
करती जगत् में न्याय अहिल्या।
बरसों-बरस रहा राज अहिल्या,
आओ सुन लो गान अहिल्या॥ 4॥

जीवन में उच्च विचार अहिल्या,
करती लोक व्यवहार अहिल्या।
नर्मदा-सा निर्मल ज्ञान अहिल्या,
भारत वर्ष अभिमान अहिल्या॥ 5॥

□

आधार-भूमि

भारत के ऐतिहासिक महापुरुषों के जीवन चरित्र को देखें तो उनमें प्रेरणा है, संघर्ष है, बलिदान है, व्यक्तित्व है, कृतित्व है, जीवन मूल्य हैं, जिनके कारण भारत का सांस्कृतिक प्रवाह हर युग में जीवंत दिखाई देता है। जिस प्रकार के प्रेरक चरित्रों की इस देश को आवश्यकता थी, वैसे जीवन चरित्र समय-समय पर भारत में अवतरित होते रहे। इन प्रेरणादायी जीवन चरित्रों में पुरुष हैं, महिला हैं, बालक हैं और वृद्ध हैं। इन जीवन चरित्रों में संपूर्ण देश और जातियों का प्रतिनिधित्व है, जो वास्तव में भारतीय इतिहास के स्वर्णिम पृष्ठ हैं। इन जीवन चरित्रों में भारत की नारीशक्ति भी कभी पीछे नहीं रही हैं। उन्होंने भी हर युग में राष्ट्र धर्म के लिए अपना सर्वस्व लुटाकर अपनी बौद्धिक क्षमता, कृतित्व और बलिदान के बल पर मानवता के भविष्य को गढ़ने की सतत प्रेरणा दी है।

आज जब दुनिया या भारत के तथाकथित बुद्धिजीवी यह विमर्श खड़ा करने का प्रयास करते हैं कि भारत में हमेशा महिलाएँ दुर्व्यवस्था में रही हैं, उनकी प्रगति हमेशा अवांछित रही है। तब ध्यान में आता है कि मानो वे भारत के इतिहास से पूर्णरूप से अनभिज्ञ हैं, अपरिचित हैं। तब आवश्यक हो जाता है कि उन्हें भारत के अनंत अविरत इतिहास से परिचित कराया जाए।

जब हम भारत के पौराणिक इतिहास को देखते हैं तो ध्यान में आता है दुर्गा, सती, काली, सरस्वती, लक्ष्मी, सीता, मैत्रीयी, गार्गी, सावित्री और

अनुसूया जैसी चरित्र भारत की देवी शक्तियों का प्रतिनिधित्व करती दिखाई देती हैं। महाभारत काल में कुंती, देवकी, गांधारी, रुक्मिणी, द्रौपदी, सुभद्रा जैसे चरित्र भारत की नारियों के विविध रूपों को प्रस्तुत करते दिखाई देते हैं। मुगलकाल में मुगलों की पाशविक, राक्षसी वृत्ति के सामने पद्मिनी हजारों नारियों के साथ जौहर करके अपने सतीत्व की रक्षा करती दिखाई देती है और जीवन का सर्वश्रेष्ठ बलिदान देकर अमर हो जाती है। दूसरी ओर गढ़मंडला की रानी दुर्गावती रणचंडी बनकर युद्ध मैदान में मुगलों को भारतीय नारी के नेतृत्व और साहस का परिचय कराती दिखाई देती है। मुगलों के अत्याचारों से भारत को मुक्त कराने के लिए अपने पुत्र के रूप में शिव का जन्म हो, ऐसी ईश्वर से प्रार्थना करनेवाली मातृ स्वरूपा जीजाबाई अपने पुत्र शिवाजी की आँखों में हिंदवी स्वराज का स्वप्न देकर उसे छत्रपति के रूप में एक आदर्श राजा बनाकर दुनिया के सामने नारी के मातृत्व से परिचय कराती है।

आधुनिक भारत में जीजा का मातृत्व है, तो अंग्रेजों के विरुद्ध खड़ी होनेवाली 1857 की स्वाभिमान की प्रतीक वीरांगना झाँसी की रानी लक्ष्मीबाई का नेतृत्व भी दिखाई देता है। एक आदर्श के रूप में एक महिला कैसे अपने राज्य का कुशल नेतृत्व कर सकती है? एक महिला भी आदर्श रानी कैसे बन सकती है? एक महिला कुशल प्रशासक कैसी हो सकती है? ऐसा दुर्लभ व्यक्तित्व और कृतित्व हमें मालवा की रानी अहिल्याबाई होल्कर में दिखाई देता है।

एक शासक के रूप में अहिल्याबाई का जीवन सादगी, सरलता, संयम से पूर्ण था। उन्हें किसी प्रकार की चापलूसी और आत्म-प्रशंसा पसंद नहीं थी। एक बार की बात है, एक ब्राह्मण कवि प्रभाकर ने अहिल्याबाई की प्रशंसा में एक पुस्तक लिखकर उन्हें भेंट की, जिसे अहिल्याबाई ने बहुत धैर्यपूर्वक पढ़ा और उसे पढ़ने के पश्चात् सख्त लहजे में कहा, आगे से इस प्रकार की मेरे गुणगानवाली रचना न लिखें, और उस पुस्तक को नर्मदाजी में फेंकने का आदेश दिया।

मनुष्य के कल्याण में अपने जीवन को लगाना प्रत्येक मनुष्य के जीवन का उद्देश्य होना चाहिए। यही बात महर्षि वेदव्यास ने अठारह पुराणों के सार के रूप में कही है।

अष्टादशपुराणानां सारं व्यासेन कीर्तितम्।
परोपकारः पुण्याय पापाय परपीडनम्॥

दूसरों का उपकार करने से पुण्य और दूसरे को दुःख देने से पाप होता है। इन्हीं बातों को अपने जीवन में चरितार्थ करते हुए अहिल्याबाई ने अपना जीवन ईश्वर साधना करते हुए दूसरों के कल्याण में लगाकर अपनी प्रजा को सुखी-समृद्ध बनाया। उनके इसी कृतित्व ने उन्हें एक परोपकारी रानी के रूप में स्थापित कर दिया। उनका यह कृतित्व हमारी आनेवाली पीढ़ियों को हमेशा मार्ग दिखाता रहेगा। उनकी यह जीवन यात्रा एक सामान्य बालिका से महारानी बनने तक की अत्यंत प्रेरक और प्रेरणादायी कथा है। अहिल्याबाई ने अपनी अद्भुत प्रशासनिक क्षमता, राजनीतिक कौशल, आधुनिक सोच, कुरीतियों को दूर करने का साहस, युद्ध कौशल, धार्मिक-सांस्कृतिक गौरव, न्यायप्रियता, दूरदृष्टि और प्रजा के प्रति मातृत्व के द्वारा इतिहास के पन्नों में सदा-सदा के लिए अपना नाम अमर बना लिया है।

अहिल्याबाई ने शासन कैसे चलाया होगा, यह महेश्वर के किले में लिखे उनके इन शब्दों से पता चलता है—"ईश्वर ने मुझ पर जो उत्तरदायित्व रखा है, उसे मुझे निभाना है। मेरा काम प्रजा को सुखी रखना है। मैं अपने प्रत्येक काम के लिए जिम्मेदार हूँ। सामर्थ्य व सत्ता के बल पर मैं यहाँ जो कुछ भी कर रही हूँ, उसका ईश्वर के यहाँ मुझे जवाब देना होगा। मेरा यहाँ कुछ भी नहीं है, जिसका है, उसी के पास भेजती हूँ, जो कुछ लेती हूँ, वह मेरे ऊपर ऋण (कर्ज) है, न जाने कैसे चुका पाऊँगी।"

अहिल्याबाई के न्याय से प्रभावित होकर जनता कहती थी कि उनके राज्य में बकरी और शेर एक घाट पर पानी पीते हैं। अहिल्याबाई शिव का

न्याय मानकर ही प्रतिदिन लोगों की समस्याएँ सुनने के लिए दरबार लगाती थीं। 'श्री शंकर आज्ञेवरुन' (श्री शंकरजी की आज्ञानुसार) इस राजमुद्रा से चलनेवाला उनका शासन भगवान् शंकर के प्रतिनिधि के रूप में ही काम करता था। उन्होंने समाज में व्याप्त हो चुकी कुरीतियों को दूर करने का प्रयास भी किया, जिनमें नारी शिक्षा और विधवा विवाह प्रमुख हैं। उनके इन्हीं कार्यों के कारण लोग उन्हें देवी कहने लगे थे।

संपूर्ण भारत में अहिल्याबाई को एक ऐसी रानी के रूप में पहचान मिली है, जिन्होंने भारत के अलग-अलग राज्यों में मानवता की सेवा के लिए अनेक कार्य किए थे। उनके इस योगदान के लिए भारत सरकार तथा विभिन्न राज्यों की सरकारों ने उनकी प्रतिमाएँ स्थापित की हैं, उनके नाम से कई जन कल्याणकारी योजनाएँ चलाईं एवं संस्थानों के नाम रखे हैं। जैसे इंदौर में देवी अहिल्याबाई होल्कर विश्व विद्यालय, देवी अहिल्याबाई होल्कर अंतरराष्ट्रीय एयरपोर्ट बनाया गया है। प्रतिवर्ष इंदौर और महेश्वर में भाद्रपद कृष्णा चतुर्दशी के दिन अहिल्योत्सव मनाया आता है। भारत सरकार ने वर्ष 1996 में अहिल्याबाई होल्कर के नाम पर डाक टिकट भी ज़ारी किया था। लेकिन आज भी जिस प्रकार का सम्मान और महत्त्व देवी अहिल्याबाई को मिलना चाहिए था, उन्हें नहीं मिला। 31 मई, 2024 को अहिल्याबाई का 300वाँ जन्म वर्ष प्रारंभ हुआ है। ऐसे में यह वर्ष हम सबके लिए एक महत्त्वपूर्ण अवसर है कि इस पूरे वर्ष में हम अनेक प्रकार के आयोजन कर समाज को उनके जीवन से साक्षात्कार कराएँ। गोष्ठी, प्रबोधन, स्पर्धाएँ, विभिन्न पत्र-पत्रिकाओं में उनके जीवन के विविध पहलुओं पर आलेख और पुस्तक लिखकर उनका जीवन और उनके कार्यों को जन-जन तक पहुँचाएँ। साथ ही शासन से आग्रह करें कि वह देवी अहिल्याबाई के जीवन और उनके कार्यों को पाठ्यक्रम में शामिल करे, उनके कार्यों को समाज में प्रचारित करे, जिससे वर्तमान पीढ़ी उनके जीवन को समझ सके। वास्तव में इस 300वें वर्ष में देवी अहिल्याबाई के प्रति हमारी यही सच्ची श्रद्धांजलि होगी।

माँ साहेब अहिल्या भारत का गौरवगान हैं,
धर्म, संस्कृति, परंपरा और लोक कल्याण हैं।
पुण्यश्लोका माँ अहिल्या भारत का सम्मान हैं,
दया, परोपकार, मानवता उनकी यह पहचान हैं॥

□

होल्कर राज्य का अंकुरण

सत्रहवीं शताब्दी में शिवाजी महाराज ने हिंदवी स्वराज्य के स्वप्न के साथ लंबी लड़ाई प्रारंभ की थी। उसमें वह सन् 1674 में सफल हुए। शिवाजी महाराज ने रायगढ़ दुर्ग को अपनी राजधानी बनाकर अपना राज्याभिषेक करवाया और स्वयं को मराठा साम्राज्य का स्वतंत्र शासक घोषित कर दिया। छत्रपति की उपाधि धारण करके राज करने लगे, जो इतिहास की महान् घटनाओं में से एक थी। क्योंकि उस समय हिंदू राजा के रूप में राजा होना सामान्य बात नहीं थी।

शिवाजी महाराज की इस हिंदवी स्वराज की लड़ाई में आम समाज उनके साथ जुड़ा। उसी का परिणाम था कि उन्होंने एक छोटी सी जागीर से एक विशाल साम्राज्य स्थापित किया। शिवाजी महाराज ने भारत के 'स्व' के आधार पर एक सुव्यवस्थित राज्य व्यवस्था खड़ी की थी। इसलिए उनके द्वारा स्थापित इस हिंदवी स्वराज्य पर जनता को अत्यंत गौरव और उससे लगाव था।

दिल्ली की गद्दी पर बैठे मुगल बादशाह औरंगजेब ने इस नवनिर्मित स्वराज को दबाने के हर संभव प्रयास किए थे, लेकिन अंततोगत्वा वह इसमें सफल नहीं हो सका था। शिवाजी महाराज के निधन के पश्चात् अपनी इसी खीज के कारण वह स्वयं सेना लेकर इस स्वराज को नष्ट करने के लिए लंबे समय तक महाराष्ट्र में डेरा डाले रहा। 3 मार्च, 1707 को औरंगजेब की मृत्यु

के साथ ही इस हिंदवी स्वराज्य को नष्ट करने की उसकी आशा निराशा में बदल गई। औरंगजेब की मृत्यु के पश्चात् मुगल सल्तनत का दबदबा कमजोर हो गया। दिल्ली का बादशाह नाममात्र का ही बादशाह रह गया था।

इस हिंदवी स्वराज के लिए महाराष्ट्र के अनेक लोगों ने अपने जीवन को इस स्वराज की बलिवेदी पर चढ़ाकर इस राज्य को स्थापित किया था। आगे चलकर यही हिंदवी स्वराज, मराठा साम्राज्य के रूप में प्रसिद्ध हो गया। यह मराठा साम्राज्य वास्तव में जनता का राज्य था। इसलिए जनता का इस साम्राज्य के प्रति एक अटूट प्रेम और विश्वास था। जनता अपने इस साम्राज्य के लिए अपना सबकुछ समर्पित करने को हमेशा तैयार रहती थी। इसलिए औरंगजेब भी इसे नष्ट नहीं कर पाया था।

छत्रपति शिवाजी महाराज की मृत्यु के पश्चात् शाहूजी महाराज छत्रपति बने और वे सतारा के किले में रहने लगे थे। छत्रपति के पेशवा (प्रधानमंत्री) संपूर्ण शासन तंत्र की धुरी बन गए थे। पेशवा पूना में रहकर समस्त राजनीतिक गतिविधियों का संचालन करते थे।

प्रथम पेशवा बालाजी विश्वनाथ (प्रथम) बने, जो अद्भुत प्रतिभावान, वीर एवं संगठन कौशल के धनी थे। वे अपने इस बढ़ते साम्राज्य में एक नवीन उत्साह भरने में सफल रहे थे। उनका पुत्र बाजीराव उनके इन अभियानों में हमेशा उनके साथ रहता था। राजस्थान, गुजरात, मालवा आदि कमजोर हो चुके प्रदेशों की बिगड़ी हुई व्यवस्था का पूर्ण लाभ पेशवा ने उठाया। पेशवा ने अपनी शक्तियों को अपने कुछ मराठा सेनापतियों में बाँटा हुआ था। इनमें रघुजी भोसले, आनंदराव पवार, दामाजी गायकवाड़, राणोजी सिंधिया और मल्हारराव होल्कर प्रमुख थे।

राजस्थान, गुजरात, मालवा आदि पर आक्रमण करने का पेशवा का उद्देश्य अपने राज्य का विस्तार करने से अधिक धन प्राप्ति करना था, क्योंकि बाजीराव पेशवा उस समय आर्थिक संकट से गुजर रहे थे। उसकी पूर्ति दक्षिण

से होना संभव नहीं था। इसलिए बाजीराव पेशवा ने अपने भाई चीमाजी और अन्य सेनापतियों के नेतृत्व में आदेश दिया कि राजस्थान और मालवा के जागीरदारों एवं निवासियों से बड़ी कड़ाई से धन एकत्रित करें। हीरालाल शर्मा अपनी पुस्तक 'नारी अग्रदूत अहिल्याबाई' में लिखते हैं—"बाजीराव ने अपने सेनापतियों को सेना लेकर मालवा में भेजा। अपने प्रारंभिक आक्रमण में मराठों के दल मालवा पहुँचे और लूटमार के द्वारा काफी धन लेकर पूना लौटे। यह क्रम चलता रहा। पेशवा ने अपने भाई चीमा जी को स्पष्ट आदेश दिए थे कि जो प्रदेश तुम्हें अच्छा लगे, वहाँ जाओ और जिस किसी भी प्रकार से धन मिले व कर्जा पट जावे, वही काम करो, और शीघ्रातिशीघ्र धन भेजो।" आगे चलकर राजस्थान, मालवा सहित संपूर्ण उत्तर भारत में मराठों का प्रभाव बढ़ गया। गुजरात, लखनऊ, पटना, बंगाल, इलाहाबाद, आगरा, अजमेर आदि स्थानों पर मराठों ने चौथ वसूल करना प्रारंभ कर दिया। इससे यह ध्यान आता है कि बाजीराव पेशवा ने दक्षिण में गोदावरी नदी और उत्तर में गंगा नदी तक अपने साम्राज्य का प्रभाव जमा लिया था, अर्थात् लगभग संपूर्ण भारत बाजीराव पेशवा के प्रभाव क्षेत्र में आ गया था।

शिवाजी महाराज ने स्वराज का एक स्वप्न देखा था। उस स्वप्न को बाजीराव पेशवा ने एक विशाल साम्राज्य खड़ा कर साकार किया। दक्षिण भारत को शिवाजी महाराज ने अपना कर्म क्षेत्र बनाकर एक शक्तिशाली साम्राज्य दक्षिण में खड़ा किया था। वहीं बाजीराव पेशवा ने नर्मदा पार कर उत्तर भारत को अपना कर्म क्षेत्र बनाकर अपने राज्य को विस्तार दिया। इसमें बाजीराव पेशवा के भाई चीमाजी सक्रिय भूमिका निभा रहे थे और उनके सहयोगी के रूप में सिंधिया, पवार और होल्कर आदि प्रमुख सेनापति उनको सक्रिय सहयोग दे रहे थे।

सन् 1730 में चीमाजी और उदाजी के मतभेद को देखते हुए पेशवा ने मल्हारराव होल्कर को प्रधान सेनापति बनाकर मालवा भेजा। साथ ही मालवा के 74 परगनों का सरंजामदार उन्हें बनाया। उस समय मालवा में मुगलों की

ओर से कोई सूबेदार नहीं था। मुगलों की ओर से मोहम्मद बंगश खान को मराठों को मालवा से खदेड़ने का कार्य सौंपा गया। इस कार्य के लिए मुगल बादशाह ने उसे मालवा का सूबेदार बनाकर भेजा था। लेकिन उसे इस कार्य में सफलता नहीं मिली और मोहम्मद बंगस खान असफल होकर लौटा। 1732 में मुगल बादशाह ने सवाई जयसिंह को मालवा का सूबेदार बनाकर भेजा, लेकिन वह भी असफल होकर लौटा। इस प्रकार मालवा में मराठों का विरोध करनेवाला अब कोई नहीं बचा था। अतः मराठों का मालवा पर आधिपत्य स्थापित हो गया।

अपने विजित राज्य की व्यवस्थाओं का अच्छी प्रकार से संचालन करने के लिए पेशवा ने जागीर प्रथा का उपयोग करते हुए सन् 1732 में अपने प्रमुख सरदारों को जागीर प्रदान करते हुए एक नए युग का सूत्रपात किया। मल्हारराव होल्कर को मालवा, राणोजी सिंधिया को उज्जैन, आनंदराव पवार को धार और तुकोजी व जीवाजी को देवास की जागीर प्रदान की थी। इस तरह सन् 1741 में मुगल साम्राज्य से मालवा का संबंध हमेशा-हमेशा के लिए टूट गया। आगे चलकर मराठा साम्राज्य मराठा संघ के रूप में स्थापित हुआ। इसमें नागपुर के भोसले, गुजरात के गायकवाड़, मालवा के होल्कर, उज्जैन ग्वालियर के सिंधिया, धार के पँवार आदि प्रमुख सरदारी थी।

सन् 1733 में मल्हारराव होल्कर ने अपनी सेवाओं के लिए अपनी पत्नी गौतमाबाई को कुछ खासगी की जागीर प्रदान करने के लिए पेशवा को प्रार्थना-पत्र लिखकर भेजा। प्रार्थना-पत्र को स्वीकार करते हुए पेशवा ने छत्रपति की आज्ञा से खासगी और दौलत का विभाजन अलग-अलग रहेगा, ऐसा आदेश जारी किया। इस आदेश के अनुसार 20 जनवरी, 1734 को स्थायी रूप से वंश परंपरागत दक्षिण में कुछ जमीन के साथ-साथ मालवा में होल्कर को इंदौर के परगने में से हरसोला, सांवेर, बरलोई, देपालपुर, हातोद, महिदपुर, जगोटी, करज आदि नौ गाँव और मकान आदि दिए गए। यही आगे चलकर होल्कर की खासगी जागीर कहलाई। इसकी आमदनी उस समय 2

लाख 99 हजार रुपए वार्षिक थी। यह आमदनी होल्कर के सरंजाम में जोड़ी नहीं जाती थी। इस खासगी की जागीर को दिए जाने के साथ ही उस दिन से मालवा में होल्कर राज्य की विधिवत् स्थापना हो गई थी। होल्कर वंश में कुल 14 शासक हुए और इनका 220 वर्षों तक राज रहा।

□

मल्हारराव होल्कर

होल्करों का मुख्य गाँव होल था, जो वर्तमान में महाराष्ट्र के सतारा जिले में आता है। मल्हारराव होल्कर का जन्म 16 मार्च, 1693 को इसी होल गाँव में एक अत्यंत साधारण महाराष्ट्रियन धनगर परिवार में हुआ था। होल गाँव के निवासी होने के कारण ये होल्कर कहलाए। मल्हारराव जब तीन वर्ष के थे तो उनके पिता का स्वर्गवास हो गया। पिता की मृत्यु होने के पश्चात् उनके नाते-रिश्तेदार उनकी माँ को जमीन-जायदाद के झगड़े में परेशान करने लगे थे। अंत में परेशान होकर उनकी माता उन्हें लेकर अपने भाई भोजराज भारमल के यहा तालौदा खानदेश आ गई।

मल्हारराव को प्रारंभ में मामा ने भेड़-बकरी चराने का कार्य दिया था। मल्हारराव के बचपन के विषय में एक प्रचलित कथा इस प्रकार है—एक दिन भेड़-बकरी चराते समय दोपहर में जंगल में वे एक पेड़ के नीचे सो रहे थे। तभी एक काले नाग ने आकर उनके मस्तक पर अपने फन फैलाकर छाया कर दी। थोड़ी देर में उनकी माँ भोजन लेकर आई तो उन्होंने दूर से यह दृश्य देखा तो घबरा गई और तुरंत गाँव लौटकर अपने संबंधियों को साथ लेकर आई। लोगों की आहट पाकर नाग बाँबी में लौट गया। तब माँ ने पास में जाकर अपने बेटे को छाती से लगा लिया। उसे कुछ नहीं हुआ, यह देखकर माँ को बहुत खुशी हुई। गाँव में आकर माँ ने मल्हारराव के संबंध में एक ज्योतिष से पूछा, तो उसने कहा—भविष्य में इसके भाग्योदय के शुभ लक्षण हैं। यह सुनकर सभी आनंदित हुए। मामा ने मल्हारराव को भेड़-बकरी चराने के स्थान पर घोड़ों की

देखरेख का कार्य दिया। इससे मल्हारराव को घुड़सवारी, तलवारबाजी, भाला फेंकना, निशाना लगाना आदि युद्ध के कौशल सहज ही सीखने को मिल गए और भोजराज ने उनको अपने लश्कर में शिलेदारी का काम दिया। जहाँ उनके धैर्य, शौर्य और पराक्रम आदि के गुण प्रकट हुए।

शिलेदारी अर्थात् अपने निजी घोड़े पर बैठकर दूसरों की फौज में काम करना होता था। यह कार्य मिलने पर मल्हारराव ने खानदेश में अणकाई का किला जीता था। फिर एक युद्ध में बड़ी वीरता से निजाम-उल-मुल्क के सरदार का सिर काट दिया था। इससे उनके शौर्य, पराक्रम की चर्चा चारों ओर फैल गई थी। सन् 1712 में मामा ने अपनी कन्या गौतमाबाई का विवाह उनके साथ कर दिया। सन् 1725 में पेशवा बाजीराव प्रथम ने इनको सरदार बाँडे से लेकर 500 घुड़सवारों का मनसबदार बना दिया। मल्हारराव ने यह पद मिलने का कारण बाँडे को मानकर, लाल-सफेद रंग के दो तिकोने कपड़े के झंडे जैसा ही अपना होल्करी झंडा बनाया। अब पेशवा बाजीराव प्रथम के साथ मल्हारराव सेना सहित रहने लगे थे।

मल्हारराव ने अपने पराक्रम, साहस और सूझबूझ के बल पर उत्तर भारत के प्रभावशाली और शक्तिशाली व्यक्ति बन गए थे। पेशवा तो उनसे बहुत ही प्रसन्न, संतुष्ट थे। इसलिए पेशवा के वे अत्यंत विश्वासपात्र थे। पेशवा मल्हारराव को अपने समान ही सम्मानित व्यक्ति मानते थे, क्योंकि मल्हारराव के कारण ही समूचे उत्तर भारत में मराठा साम्राज्य को स्थापित करने में वे सफल हुए थे। मल्हारराव को अनेक राजागण एवं दिल्ली का बादशाह भी अनेक मूल्यवान भेंट देते रहते थे। उनकी स्थिति मालवा के साथ-साथ संपूर्ण उत्तर भारत में सुदृढ़ एवं महत्त्वपूर्ण हो गई थी। तत्कालीन उत्तर भारत की कूटनीति, राजनीति के मल्हारराव प्रमुख सूत्रधार थे। छोटे-छोटे राजाओं के साथ-साथ पेशवा ही नहीं, बल्कि मुगल बादशाह के लिए भी वे धन की व्यवस्था करते थे। वे महान् योद्धा, वीर, साहसी, नेतृत्व कुशल और घुड़सवारी में माहिर थे। वे तीर, भाला एवं तलवार चलाने में अत्यंत

होल्कर राज्य के संस्थापक

सुबेदार श्रीमंत मल्हारराव होल्कर

जन्म : 16 मार्च, 1693 मृत्यु : 20 मई, 1766

कुशल थे। वे वास्तव में एक सैनिक थे, क्योंकि उनका अधिकांश जीवन युद्ध के मैदान में ही बीता था। वे मालवा में मराठा साम्राज्य के संस्थापक थे। उन्होंने अपनी राजधानी इंदौर में बनाकर सन् 1741 में खान नदी के किनारे अपना एक विशाल राजवाड़ा बनवाया था। उन्होंने अनेक व्यापारियों को इंदौर लाकर बसाया था। इंदौर जैसे एक छोटे से गाँव को अपनी राजधानी बनाकर उसे वैभव संपन्न बनाया।

सन् 1761 में पानीपत के युद्ध में मराठा और अहमदशाह अब्दाली के बीच जो घनघोर युद्ध हुआ, उसमें मराठा सेना को हार का सामना करना पड़ा था। इस हार के कारण मराठों की प्रतिष्ठा को धक्का लगा। मराठों की हार के कारण अशांति और अराजकता की स्थिति निर्मित होने लगी थी। मालवा में जिन जागीरदारों को मराठों ने जीता था। वह इस अशांत स्थिति का फायदा उठाकर मराठों को मालवा से खदेड़ने का विचार करने लगे थे। ऐसी विपरीत परिस्थितियों में मल्हारराव का शांत बैठना संभव नहीं था। उन्होंने साहस और चतुराईपूर्वक इस सारी परिस्थिति पर काबू पा लिया और सारे विरोध को शांत कर दिया था। यह कठिन कार्य मल्हारराव जैसा व्यक्ति ही कर सकता था। पेशवा ने प्रसन्न होकर उत्तर भारत के सर्वाधिकार मल्हारराव को सौंप दिए। पुरस्कारस्वरूप अनेक नई जागीरें भी उन्हें प्रदान की थीं।

एक लंबा जीवन और कई उतार-चढ़ाव देखने के पश्चात् अब मल्हारराव विश्राम चाहते थे, परंतु एक कर्मयोगी और सैनिक के जीवन में विश्राम कहाँ होता है। मालवा के विरोध को शांत करने के पश्चात् राघोबा पेशवा, महादजी सिंधिया, तुकोजीराव वयोवृद्ध हो चुके मल्हारराव होल्कर और उनके पौत्र मालेराव उत्तर भारत की मुहिम पर निकले थे। मांगरोल के युद्ध में मल्हारराव होल्कर को लगे घाव के कारण उन्हें अत्यंत पीड़ा हो रही थी। इसी पीड़ा के कारण उनका स्वास्थ्य भी खराब हो गया था। खराब स्वास्थ्य के चलते उन्हें आलमपुर (भिंड) रुकना पड़ा। बहुत इलाज किया, परंतु उनके स्वास्थ्य में कोई सुधार न हो सका।

मल्हारराव अपने पुत्र खंडेराव की मृत्यु का बदला और फिरंगियों को इस देश से बाहर निकालने का उपयुक्त समय मानते थे। परंतु ये दोनों इच्छाएँ उनके मन में रह गई थीं। 20 मई, 1766 को अपने पौत्र का हाथ महादजी और तुकोजीराव के हाथ में सौंपकर इस संसार से सदा-सदा के लिए विदा हो गए। जाते-जाते मालेराव को कह गए—"मेरे बाद पेशवा की चाकरी तुम करना।"

यही होल्कर वंश के संस्थापक मल्हारराव होल्कर थे, जिन्होंने अपने पुत्र खंडेराव की पत्नी के रूप में अहिल्याबाई को देखते ही पसंद किया था। उनकी पारखी नजर और दूरदृष्टि थी, जो उन्होंने अहिल्याबाई का चयन किया था। अहिल्याबाई के लिए मल्हारराव एक प्रेरक, मार्गदर्शक, गुरु और पिता की भूमिका में थे। मल्हारराव होल्कर ने जिस होल्कर वंश की परंपरा को प्रारंभ किया, उसे अहिल्याबाई ने देश-विदेश में पहचान दिलाई। होल्कर वंश का राज्य भारत की स्वतंत्रता तक कार्य करता रहा। भारत के स्वाधीन होने पर 16 जून, 1948 को होल्कर राज्य का विलय भारतीय संघ में हो गया।

□

आलमपुर जिला भिंड में देवी अहिल्याबाई द्वारा निर्मित
मल्हारराव होल्कर की छतरी

परिवार और जन्मभूमि

अठारहवीं शताब्दी में मुगलों के आतंक से मुक्त होकर दक्षिण में पेशवा के संरक्षण में महाराष्ट्र में चलनेवाला हिंदवी स्वराज, जो अब मराठा साम्राज्य के रूप में भारतवर्ष में ख्याति प्राप्त कर चुका था। ऐसे महाराष्ट्र में अहमदनगर के पास सीना नदी के किनारे बसा एक छोटा सा गाँव, जिसका नाम चौंडी था। महाराष्ट्र के सामान्य गाँवों की तरह जिसमें चौपाल, मंदिर और पानी के लिए कुआँ, सामान्य से कच्चे-पक्के मकान। गाँव में आपस में एक-दूसरे के साथ प्रेम से रहनेवाले, जीवों से प्रेम करनेवाले, वृक्षों से प्रेम करनेवाले, अपनी सांस्कृतिक परंपरा, रीति-रिवाज का पालन कर सदियों से रहते आए सीधे-सादे गाँव के लोग थे। जो अपनी आजीविका के लिए खेतीबाड़ी, पशुपालन, मजदूरी पर निर्भर रहकर अपना जीवन यापन कर रहे थे। चौंडी गाँव के लोगों को यह कल्पना तक नहीं थी कि उनके गाँव में ऐसी किसी महान् विभूति का जन्म होगा, जो भारत ही नहीं, बल्कि दुनिया में चौंडी गाँव का नाम रोशन करेगी।

अहिल्याबाई की पारिवारिक पृष्ठभूमि देखें तो वे एक सामान्य परिवार से आती थीं। उनके पिता माणकोजी शिंदे एक साधारण गृहस्थ और ग्राम के पाटिल थे। पाटिल, जिसका अर्थ होता है—'गाँव का मुखिया', जो एक देशमुख के अधीन रहकर काम करता था। दक्कन सल्तनत और मराठा साम्राज्य में पाटिल गाँव का सबसे महत्त्वपूर्ण वतनदार होता था। उनका मुख्य कार्य राजस्व का संग्रह करना था। पाटिल के प्रमुख आतिथ्य में ही गाँव के

सभी त्योहार दशहरा, दिवाली और होली आदि धूमधाम से संपन्न होते थे। मराठा साम्राज्य में वंशानुगत पाटिल के अधिकार चले आते थे। माणकोजी बड़े सहज, सरल, सात्विक, धर्मप्रेमी, कर्तव्यपरायण और मिलनसार व्यक्ति थे। उनका पूरे गाँव में बहुत सम्मान और आदर था।

माणकोजी शिंदे की पत्नी का नाम सुशीलाबाई था। वे एक सामान्य गृहिणी थीं। इसलिए सामान्य परिवार के समान ही वे अपने घर के कार्य स्वयं करती थीं। पूजा-पाठ, कथा-भागवत सुनना उनकी दैनिक दिनचर्या का हिस्सा था। वे विदुषी, धर्मात्मा व कर्तव्यपरायण महिला थीं। भारतीय नारी के सभी सद्गुण उनमें स्वभाविक थे।

माणकोजी शिंदे और सुशीलाबाई के यहाँ दो पुत्रों महादजी और शाहजी चौड़ीकर का जन्म हो चुका था। वे भगवान् से प्रतिदिन प्रार्थना करते थे कि उनके यहाँ एक सद्गुणी बेटी का जन्म हो। माणकोजी और सुशीलाबाई का मानना था की बेटी केवल एक ही कुल का नाम रोशन नहीं करती, बल्कि दो-दो कुलों का नाम रोशन करती है। बेटी विवाह के पश्चात् जिस कुल में जाती है, उस कुल को भी धन्य करती है। इसलिए माणकोजी बेटी को बोझ नहीं वरदान मानने वाले पिता थे। माणकोजी के दोनों बेटे रक्षाबंधन पर अपनी सूनी कलाई को देखकर बहुत उदास होते और भगवान् से प्रार्थना करते थे, काश! हमारी भी बहन होती।

एक दिन भगवान् ने उस परिवार की प्रार्थना को स्वीकार कर लिया। माणकोजी शिंदे और सुशीलाबाई के यहाँ अहिल्या का जन्म हुआ। अहिल्या का जब जन्म हुआ, वह शुभ घड़ी थी, 31 मई, 1725, भारतीय कालगणना के अनुसार विक्रम संवत 1732 वैशाख मास की कृष्ण पक्ष सप्तमी तिथि को मणकोजी के घर आनंद छा गया। ऐसा कम ही होता है कि किसी गाँव में एक कन्या का जन्म होने पर उत्सव मनाया जाए, लेकिन चौंडी गाँव में अहिल्या के जन्म होने पर परिवार और गाँव में उत्सव मनाया गया।

चौंडी गाँव में रहनेवाले लोगों ने भी शायद कभी कल्पना नहीं की होगी कि उनके गाँव को कभी इतनी प्रसिद्धि मिलेगी, उनके गाँव का भी नाम लोग श्रद्धा से लेंगे। इतिहास की एक घटना ने उस गाँव को वह गौरव दिलाया, वह घटना बनी थी, अहिल्या का जन्म। अहिल्या ने अपने कार्यों से उस गाँव और अपने माता-पिता के नाम को प्रसिद्धि दिलाई। वही 'अहिल्या', जो बाद में भारतीय इतिहास में लोकमाता देवी अहिल्याबाई होल्कर के रूप में संपूर्ण भारत और दुनिया में विख्यात हुईं।

अहिल्या के जन्म के पश्चात् एक ज्योतिष ने मणकोजी शिंदे के कहने पर अहिल्या की जन्म कुंडली देखकर कहा था—"यह कन्या बहुत यशस्वी होगी, संपन्न घराने की रानी बनेगी। इसकी यशगाथा संपूर्ण भारत में सदियों तक याद की जाएगी।" यह सुनकर माता-पिता बहुत प्रसन्न हुए, परंतु उनकी जिज्ञासा और बढ़ गई थी, एक सामान्य किसान की बेटी रानी कैसे बन सकती है? लेकिन पंडितजी ने कहा, "कुछ बातें भविष्य पर छोड़ देनी चाहिए, शिव सबका भला करेंगे।"

□

पिता का आँगन

एक सामान्य कृषक मणकोजी शिंदे एवं सुशीलाबाई के घर दो पुत्रों के पश्चात् भगवान् के आशीर्वादस्वरूप अहिल्या का जन्म हुआ था। ऐसे धर्मपरायण और ईश्वर भक्ति में लीन माता-पिता के यहाँ उत्पन्न अहिल्या में भी उसका प्रभाव होना स्वाभाविक था। जो पुण्य आत्माएँ होती हैं, जिनमें महापुरुष बनने के गुण होते हैं, उनके विषय में कहा गया है—'होनहार बिरवान के होत चीकने पात।' अर्थात् महान् लोगों के लक्षण बचपन से ही प्रकट होने लगते हैं। अहिल्या भी जैसे-जैसे बड़ी हो रही थी, वैसे-वैसे उसके जीवन में ये सब लक्षण दिखने लगे थे। उनके जीवन के घटनाक्रम और क्रियाकलाप से हम समझ सकते हैं। अहिल्या जब घुटनों के बल चलने लगी तो वह कुछ-न-कुछ ऐसा करती थी, जिससे घरवालों को बड़ा आनंद आता था और उन्हें नन्ही बालिका के कार्यों को देखकर आश्चर्य भी होता था। वह हर वस्तु में कुछ ढूँढ़ने का प्रयास करती थी, उसे अपने अधिकार में लेने का प्रयास करती थी। खेलते-खेलते अपने घर के पूजास्थल की ओर बार-बार जाने का प्रयास करती थी। सबको आश्चर्य तब होता था, जब वह पूजाघर में रखी शिव प्रतिमा को उठाने का प्रयत्न करती थी। जैसे वह शिव को अपने अंदर समाहित कर लेना चाहती हो।

अहिल्या बचपन से चंचल, जिज्ञासु और नई-नई बातों को सीखने को उत्सुक रहती थी। अपनी तुतलाती आवाज में वह अपने माता-पिता से इतने प्रश्न करती थी कि वे उसके जवाब दे-देकर परेशान हो जाते थे। वे कहते थे,

अहिल्या! हमारे जवाब समाप्त हो जाते हैं, परंतु तेरे प्रश्न नहीं। माता-पिता के धार्मिक संस्कारों के प्रभाव के कारण ही अहिल्या का बचपन से ही शिव भक्ति और धार्मिक कार्यों में मन लगने लगा था। जब वह और बड़ी हुई तो गाँव में चलने फिरने लगी थी। वह अपनी मीठी-मीठी बातों से सबको अपनी ओर आकर्षित कर लेती थी। वह घर में माँ के मना करने पर भी, घर के कामों में हाथ बँटाती थी। उसे गाय को चारा, पक्षियों को दाना और घर आए भिक्षु को आटा देने में बहुत प्रसन्नता होती थी। उसे इस प्रकार के परोपकार के कार्यों को करने में आनंद आता था।

अहिल्या के दोनों भाई पाठशाला जाते थे तो वह भी उनके पीछे-पीछे पाठशाला पहुँच जाती थी। गुरुजी उसे वापस घर जाने का कहते थे। लेकिन वह भी भाइयों के साथ लिखने-पढ़ने की जिद करती थी। उस युग में लड़कियों की शिक्षा पर सामाजिक रूप से प्रतिबंध था। इसलिए लड़कियों की शिक्षा पर कोई ध्यान नहीं देता था। इसी कारण गुरुजी उसे मना कर देते थे। अहिल्या गुरुजी से भी कई प्रकार के प्रश्न करती थी, जिनको सुनकर गुरुजी भी निरुत्तर हो जाते थे। जब दोनों भाई घर से बाहर खेलने के लिए चले जाते थे, तब भाइयों के बस्ते उठाकर उनकी पुस्तक को बहुत ही लगन के साथ देखती थी। पुस्तक उलट-पलटकर देखती जैसे वह पढ़ना जानती हो। पाटी पर कुछ लिखने का भी वह प्रयास करती थी। उसके इस प्रकार शिक्षा के प्रति आकर्षण को देखकर पिता को लगा कि उन्हें उनकी बेटी को लिखना-पढ़ना सिखाना चाहिए। इसलिए उन्होंने अपनी बेटी को घर पर ही थोड़ा बहुत लिखना-पढ़ना सिखाया था। अहिल्या की रुचि घर के कार्यों के साथ-साथ धार्मिक ग्रंथों के पठन-पाठन में भी थी। इसलिए माणकोजी ने अहिल्या को धार्मिक ग्रंथों का गहन अध्ययन करवाया था। इस तरह से देखें तो घर ही अहिल्या के लिए पाठशाला थी और माता-पिता ही उसके शिक्षक थे।

थोड़ी बड़ी होने पर अहिल्या अपनी सखियों के साथ खेलने जाती थी। खेल में उसकी सखियाँ बेलन, चकले, खिलौने और गुड्डा-गुड्डी बनाती

थी। जबकि अहिल्या खेलते हुए बड़े-बड़े मकान, किले, मंदिर, हाथी और घोड़े बनाती थीं, जब वह तलवार, भाला, तीर-कमान और तोपें बनाती तो सभी को आश्चर्य होता था। यह सब उसकी कल्पना में कैसे आता है! अहिल्या के क्रियाकलाप देखकर मणकोजी और सुशीलाबाई का पंडितजी की भविष्यवाणी की ओर ध्यान चला जाता था।

अहिल्या अब पिता के साथ मंदिर जाने लगी थी। वह मंदिर में वेदपाठ सुनकर उसे दोहराती थी। तब मंदिर के पुजारी उसे मना करते थे और कहते थे, महिलाओं के लिए वेदपाठ करना उचित नहीं हैं। अहिल्या अपने पिता से कई प्रकार के प्रश्न करती थी, वह कहती, क्या महिलाएँ मनुष्य नहीं होती हैं, जो वे वेदपाठ नहीं कर सकतीं? पिता के पास अहिल्या के प्रश्नों का कोई उत्तर नहीं होता था। अहिल्या को मंदिर में भजन सुनने और गाने में आनंद आता था। उसका भगवान् शिव की आराधना करने में बहुत मन लगता था।

इस प्रकार देखें तो अहिल्या का बचपन बहुत ही सुखपूर्वक बीत रहा था—सखियों के साथ खेलने में, माँ के साथ काम करने में, पिता के साथ बातें करने में, मंदिर जाने में और लिखने-पढ़ने में। भाइयों के साथ खेती-बाड़ी देखने, हँसने, खेलने और झगड़ने में बीत रहा था। साथ-साथ उसकी शिवभक्ति भी प्रगाढ़ होती जा रही थी। वह भगवान् शिव की पूजा करते-करते ध्यानमग्न हो जाती थी। उस ध्यान की स्थिति में उसे आसपास क्या हो रहा है, इसका भी भान नहीं रहता था।

अहिल्या की आयु अब आठ वर्ष की हो गई थी। माता-पिता को ज्योतिषी की भविष्यवाणी याद आ जाती थी—"यह बालिका महारानी बनेगी।" लेकिन उनके मन में फिर वही प्रश्न उभर आता था यह कैसे संभव होगा? लेकिन नियति को जो मंजूर होता है, वह होकर रहता है। एक बार मालवा नरेश मल्हारराव होल्कर पुणे जाते समय चौंडी ग्राम के पास से गुजर रहे थे। तब रात्रि विश्राम के लिए उन्होंने चौंडी गाँव के नजदीक पथडरी गाँव में डेरा डाला हुआ था। सुबह जब उनका प्रस्थान होना था, तब उन्हें पास के शिवालय से

मधुर भजन की आवाज सुनाई दी। वह आवाज उनको इतनी आकर्षित कर गई कि वे शिवालय पहुँच गए। वे देखते हैं, एक छोटी बालिका ध्यानमग्न होकर भजन गा रही है। भजन समाप्त होने पर उस बालिका से उन्होंने बात की तो वे उससे बहुत ही प्रभावित हुए। तभी उनके मन में यह विचार आया, यह सद्‌गुणी बालिका उनके पुत्र खंडेराव की पत्नी और होल्कर घराने की बहू बनने के योग्य है। मल्हाररावजी ने अहिल्या से कहा—हमारी दोस्त बनोगी? अहिल्या तो कुछ समझ ही नहीं पा रही थी, उसने मुस्कराकर अपनी स्वीकृति दे दी। मल्हारराव अहिल्या के साथ मणकोजी के घर जाकर उनसे मिले। मल्हाररावजी को अपने घर आया देखकर मणकोजी को बहुत आश्चर्य और खुशी हुई। क्या ये वास्तव में मालवा के सूबेदार मल्हारराव होल्कर हैं या मैं कोई स्वप्न देख रहा हूँ! मणकोजी को लगा, मुझसे या अहिल्या से कोई गलती तो नहीं हो गई। मणकोजी ने हाथ जोड़कर मल्हाररावजी से कहा, अन्नदाता! हमसे या हमारी बेटी अहिल्या से कोई गलती हुई हो तो हमें क्षमा करें। मल्हाररावजी ने मणकोजी को अपने पास बैठाकर अपने मन की बात कही कि हम अपने पुत्र खंडेराव का विवाह आपकी अहिल्या से करना चाहते हैं। इस प्रस्ताव को सुनकर मणकोजी और सुशीलाबाई की खुशी का ठिकाना न रहा। उन्होंने ज्योतिषी की भविष्यवाणी को मानते हुए उस प्रस्ताव को आनंदपूर्वक स्वीकार कर लिया। इस प्रकार मालवा के सूबेदार मल्हारराव होल्कर के पुत्र खंडेराव और अहिल्या का विवाह होना सुनिश्चित हो गया।

□

विवाह

चौंडी गाँव में जैसे ही यह समाचार फैला कि अहिल्या का विवाह मालवा के सूबेदार मल्हारराव होल्कर के पुत्र खंडेराव से होने जा रहा है, तो पूरे गाँव में आनंद छा गया। गाँव में सभी ओर चर्चा प्रारंभ हो गई कि अहिल्या के विषय में ज्योतिषी ने जो घोषणा की थी कि यह तो रानी बनेगी, वह सत्य हो गई। अहिल्या को उसकी सखियाँ चिढ़ाने लगीं और कहने लगी थीं—"अहिल्या, अब तुम हमको छोड़कर चली जाओगी।" अहिल्या यह सुनकर आश्चर्य में पड़ जाती थी। वह कहती थी, "ये मेरा गाँव है, मैं इसे छोड़कर नहीं जाऊँगी।" यह सब अहिल्या के लिए अनोखा ही था। उसकी कल्पना में कभी यह नहीं आया था कि उसे कभी अपने गाँव को छोड़कर भी जाना होगा। उसकी आयु भी उस समय मात्र आठ वर्ष ही थी।

उस समय के दौर में बाल विवाह होना सामान्य सा प्रचलन था। इसलिए उस समय विवाह छोटी आयु में ही हो जाते थे। विवाह क्या होता है, यह अहिल्या पूरी तरह से समझ ही नहीं पा रही थी। उसके भाई जब उसे कहते—"अब तुझे घर छोड़कर जाना होगा, तो अहिल्या चिढ़ जाती थी। वह उसे फिर समझाते, जहाँ तू जाएगी वह इंदूर है, यहाँ से बहुत दूर। वहाँ अपने गाँव के बराबर तो उनका बाड़ा होगा, लेकिन वहाँ पर आई और बाबा नहीं होंगे।" यह सब सुनकर अहिल्या चिंतित हो जाती थी। माँ के पास जाकर कहती—"आई! मुझे विवाह नहीं करना ?" तब आई कहती—"वह तो करना ही पड़ता है बेटी! तू तो भाग्यशाली है, जो तेरा विवाह मालवा के सूबेदार

मल्हारराव होल्कर के घर हो रहा है," लेकिन अहिल्या कहती है—"मुझे तो अपना घर ही पसंद है, इसे मैं क्यों छोड़ूँ?" आई की आँखों से आँसू निकल जाते, जिन्हें पोंछते हुए वे कहतीं, "घर तो एक-न-एक दिन हर लड़की को छोड़ना ही पड़ता है बेटी!" अहिल्या अपनी आई के आँसू देखकर चुप रह जाती थी। लेकिन उसके मन में कई प्रश्न खड़े हो जाते, जिनका उत्तर उसके पास नहीं होता।

मणकोजी शिंदे की पुत्री अहिल्याबाई का विवाह सूबेदार मल्हारराव होल्कर के एकमात्र पुत्र खंडेराव होल्कर के साथ होना वास्तव में मल्हारराव होल्कर की दूरदृष्टि और उनके बड़प्पन को दर्शाता है। उन्होंने अपने जिद्दी और अनियंत्रित बेटे के लिए एक गुणी और संस्कारवान पुत्रवधू का चयन किया। जिसकी हर व्यक्ति ने सराहना की कि एक सूबेदार ने एक सामान्य कृषक की बेटी से अपने बेटे का विवाह कर दिया। अपने बेटे के लिए उन्होंने एक सद्गुणी बहू का चयन किया है। 1733 में पुणे के शनिवार बाड़ा में अहिल्या का विवाह बहुत धूमधाम से संपन्न हुआ। विवाह के समय युवराज खंडेराव होल्कर की आयु 13 वर्ष और अहिल्या की आयु आठ वर्ष थी। पेशवा दफ्तर में अभिलेख है। जिसमें उल्लेख है कि बाजीराव पेशवा ने सूबेदार मल्हारराव होल्कर की बहू के गहनों के लिए, सोना तोले 200 प्रति (तेरह रुपए आठ आने और छह नए पैसे) मल्हारराव को पुत्र के विवाह के लिए दिए थे)। संपूर्ण मालवावासी इस समाचार को सुनकर झूम उठे। इंदौर में राजवाड़े को सजाया गया, मिठाई बाँटी गई। पूरा इंदौर नई-नवेली बहू के स्वागत-इंतजार में सज उठा।

□

पारिवारिक जीवन

विवाह के पश्चात् अहिल्या अपने ससुराल इंदौर आ गई थी। ससुराल में मल्हारराव की तीन पत्नियाँ गौतमाबाई, द्वारकाबाई और बनाबाई थीं। अहिल्या को अपनी तीनों सासों का बड़ा स्नेह और प्रेम मिला, वह शीघ्र ही सबकी चहेती बन गई। अहिल्या की आयु अभी मात्र आठ–नौ वर्ष ही थी, लेकिन उसकी बुद्धि, समझदारी में कोई कमी नहीं थी। अपने सद्‌गुणों व अच्छे व्यवहार के कारण वह सबके नजदीक आ गई। बड़े–छोटे सबके साथ उसका अनुकूल व्यवहार सबको भा जाता था। यह उसके संस्कार ही थे, जिसके कारण वह अपने सास–ससुर को माता–पिता के समान ही मानकर उनकी सेवा करती थी।

अहिल्या अपने परिवार से जो संस्कार लेकर आई थी, उसको वह अपने आचरण में नित्य प्रयोग करती थी। उसकी नित्य की दिनचर्या में प्रातः सुबह जल्दी उठना, स्नान कर पूजा–पाठ करना था। अपने धार्मिक अनुष्ठान करने के पश्चात् वह घर के कार्यों में लग जाती थी। आलस्य उसके स्वभाव में नहीं था।

मल्हारराव और गौतमाबाई दोनों अहिल्या जैसी बहू को पाकर बहुत आनंदमय थे। अहिल्या के धार्मिक कार्यों पर अपने माता–पिता के पश्चात् सबसे अधिक प्रभाव किसी का रहा तो वह गौतमाबाई का था। गौतमाबाई बड़ी ही धर्मपरायण, तेजस्वी, निडर, साहसी एवं स्पष्टवादी महिला थीं। मल्हारराव

तो अधिकतर युद्ध में व्यस्त रहते थे। गौतमाबाई ही उनकी अनुपस्थिति में सारे कार्य सँभालती थीं। गौतमाबाई ने ही अहिल्या को घर के सारे कार्य सिखाए। साथ ही प्रशासन प्रबंधन, वित्त प्रबंधन, राजनीतिक कौशल उन्हें गौतमाबाई ने ही सिखाए थे।

गौतमाबाई का इंदौर बाड़े में महत्त्वपूर्ण स्थान था। मल्हारराव भी गौतमाबाई को अत्यधिक महत्त्व देते थे। वह गौतमाबाई ही थीं, जिनके लिए मल्हाररावजी ने पेशवा से खासगी जागीर माँगी थी। गौतमाबाई की प्राप्त खासगी जागीर बाद में उत्तराधिकार के रूप में अहिल्या को मिली थी। इस तरह देखें तो उनका प्रभाव अहिल्या पर होना स्वाभाविक ही था।

इधर जब से अहिल्या इंदौर आई थी तब से मल्हारराव के वैभव, प्रभाव एवं राज्य का विस्तार बढ़ता ही जा रहा था। इधर अहिल्या ने अपने ससुर मल्हारराव के संरक्षण में हाथी की सवारी, घोड़े की सवारी, शस्त्रों का संचालन, सेना संचालन एवं युद्ध कला का प्रशिक्षण प्राप्त किया। अहिल्या की बुद्धि कुशलता को देखकर मल्हाररावजी राजमहल व प्रशासनिक कार्यों में उनसे परामर्श लेने लगे थे। एक तरह से देखें तो मल्हारराव अहिल्या के राजनीतिक गुरु थे। उनके प्रभाव के कारण ही धीरे-धीरे अहिल्या के मन के अंदर राष्ट्रीय सोच का विस्तार होता चला गया।

मल्हारराव का कुटुंब काफी बड़ा था, जिसमें उनकी पत्नियाँ, उपपत्नियाँ एवं रिश्तेदार बड़ी संख्या में इंदौर के बाड़े में रहते थे। अहिल्या की समझ, बुद्धि चातुर्य और सेवा भाव सबको अपनी ओर आकर्षित करता था। उसके व्यवहार और सेवा से सभी प्रसन्न थे।

खंडेराव, जिनसे अहिल्या का विवाह हुआ था, वे अक्खड़ और क्रोधी प्रवृत्ति के थे, लेकिन विवाह के पश्चात् खंडेराव के जीवन में भी काफी परिवर्तन आ गया था। वे भी अहिल्या से संतुष्ट रहते थे। इसलिए उसने हमेशा अहिल्या से अच्छा व्यवहार किया था। अहिल्या भी अपने पति को

पूज्य मानकर उनकी पूर्ण निष्ठा से सेवा करती थीं, पूर्ण श्रद्धा भक्ति के साथ वे पतिव्रत धर्म का पालन कर रही थीं। खंडेराव का उन्होंने अपने जीवन में कभी निरादर नहीं किया। उनके कार्यों से ध्यान आता है कि वे सच्चे अर्थों में एक आदर्श भारतीय हिंदू नारी थीं। पति की इच्छा के विरुद्ध उन्होंने कभी कोई कार्य नहीं किया था। खंडेराव जब कभी अशांत या दुविधा में होते थे तब अहिल्या ने जो धार्मिक कथाएँ सुनी और पढ़ी थीं, वह खंडेराव को समयानुसार सुनाती थीं। इस तरह अपनी विनयशीलता, सेवा भावना, शांत स्वभाव से पति खंडेराव का मन उन्होंने जीत लिया था।

सन् 1745 में देपालपुर में उन्होंने एक पुत्र को जन्म दिया, जिसके जन्म पर मालवा में आनंद और खुशियाँ छा गईं। बालक का नाम मालेराव रखा गया। आगे चलकर तीन वर्ष पश्चात् फिर से अहिल्या और खंडेराव के यहाँ खुशियों का अवसर आया और उनके यहाँ कन्या का जन्म हुआ। उसका नाम मुक्ताबाई रखा गया। इस प्रकार पुत्र मालेराव, पुत्री मुक्ताबाई के कारण अहिल्या के जीवन में आनंद छा गया था। इस प्रकार अहिल्या का जीवन सुखपूर्वक बीत रहा था।

महापुरुषों के जीवन से ध्यान आता है कि ईश्वर उनकी हर मोड़ पर परीक्षा लेता है। तो फिर अहिल्या का जीवन भी कैसे आसान रहता ? सन् 1754 तक अहिल्या का पारिवारिक जीवन बहुत ही सामान्य रहा था, लेकिन इसके पश्चात् उनका जीवन काफी उतार-चढ़ाव भरा रहा। विवाह के बाद खंडेराव में आए परिवर्तन से मल्हारराव अत्यधिक प्रसन्न थे। अपने उत्तराधिकारी के तौर पर खंडेराव को धीरे-धीरे राज्य के सभी कार्य सौंप देना चाहते थे। खंडेराव एक वीर, साहसी, स्वाभिमानी और महत्त्वाकांक्षी योद्धा थे। वे अच्छे घुड़सवार और तलवार चलाने में माहिर थे। कई अवसरों पर मल्हाररावजी के साथ युद्ध मैदान में अपने शौर्य का प्रदर्शन कर चुके थे।

मल्हाररावजी ने एक युद्ध में सूरजमल जाट को जनवरी 1754 में कुम्हेर के किले में घेर लिया था। कई दिनों तक युद्ध चला, जिसमें अहिल्याबाई

और खंडेराव भी युद्ध मैदान में थे। लेकिन मल्हारराव होल्कर और सूरजमल जाट दोनों युद्ध मैदान से पीछे हटने को तैयार नहीं थे। मल्हाररावजी शत्रु को बिना मात दिए युद्ध मैदान से हटनेवाले योद्धा नहीं थे। 24 मार्च, 1754 को खंडेरावजी अपनी सेना का संचालन करते हुए युद्ध मैदान का निरीक्षण कर रहे थे तभी किले से एक गोली आई और खंडेरावजी को लगी। इस तरह कुम्हेर में जाटों के विरुद्ध लड़ाई करते हुए खंडेराव वीरगति को प्राप्त हो गए। खंडेराव की मृत्यु के साथ ही जाटों ने किले से गोले दागना बंद कर दिया। सेना में हाहाकार मच गया और मल्हाररावजी दौड़े-दौड़े अपने पुत्र के शव के पास आए। अपने बेटे के शव को गले लगाकर बिलख-बिलखकर रोने लगे। उनकी इस प्रकार की दशा देख सभी में निराशा छा गई। उनकी यह अवस्था वहाँ किसी से देखी नहीं जाती थी।

खंडेराव की मृत्यु का समाचार जब अहिल्या ने सुना तो वे बेहोश हो गईं। जब होश में आईं तो जैसे-तैसे वह अपने पति के शव के पास तक पहुँच पाईं। उनके कष्टों का तो पार ही नहीं था, वे बेहाल होकर फूट-फूटकर रोने लगीं। मल्हारराव अपनी पुत्रवधू की यह दशा देख अपने पुत्र का शोक भूल गए और अहिल्या को सांत्वना देने लगे। अहिल्या के जीवन में अभी तक का यह सबसे कठोर आघात था। उनका हृदय रो रहा था और वे एकटक अपने प्रिय पति को ही देखे जा रही थीं। वे तो दुःखों की साक्षात् मूर्ति बन गई थीं।

पति की मृत्यु होने पर उनको अपना जीवन अब व्यर्थ ही लग रहा था। उन्होंने अपने मन में निश्चय कर लिया था कि अब पति की मृत्यु के साथ ही यह जीवन पूर्ण हुआ। उन दिनों पति की मृत्यु होने पर सती होने की प्रथा प्रचलित थी। इसलिए उन्होंने भी पति की चिता के साथ एक सुहागन के रूप में सती होने का निर्णय कर तैयार होने लग गईं। मल्हारराव ने अहिल्या को अपने छोटे बच्चों मालेराव और मुक्ताबाई का वास्ता दिया। जीजाबाई और ताराबाई के प्रसंग सुनाकर कहा, "समाज हित का ध्यान रखकर अपना निर्णय बदल लो बेटी!" एक निर्बल और असहाय बालक के समान बिलख-

बिलखकर रोते हुए उन्होंने अहिल्या के सामने एक याचक की तरह हाथ जोड़कर निवेदन किया, "आता तूच माझा मुलगा आहेस! तू गेल्यावा मला आधार कोणाचा?''(अब तू ही मेरा बेटा है! तू चली जाएगी तो मुझे कौन सँभालेगा?'')। तू रहेगी तो मैं सोचूँगा, मेरा खंडू जिंदा है।" अहिल्या ने अपने ससुर के निवेदन और उनके मना करने के आग्रह को स्वीकार कर लिया। दूसरों की भलाई की भावना को ध्यान में रखकर अंततोगत्वा सती होने का अपना निर्णय बदल दिया। अपना शेष जीवन ईश्वर का मानकर उसे ही समर्पित कर दिया।

खंडेराव का अंतिम संस्कार विधि-विधान से कुम्हेर में ही युद्ध मैदान के पास कर दिया गया। उनके साथ ही उनकी ग्यारह पत्नियाँ और उपपत्नियाँ सती हो गईं। अहिल्याबाई ने बाद में कुम्हेर में ही खंडेराव की छत्री बनवाई और इंदौर में छत्री बनवाकर उसमें खंडेराव की प्रतिमा स्थापित की थी।

इंदौर आकर धीरे-धीरे अहिल्याबाई ने राजकाज में भाग लेना प्रारंभ कर दिया और वे अपने ससुर के साथ मिलकर प्रशासनिक निर्णय में सहभाग करने लगी थीं। बहुत जल्दी ही वे अपने व्यवहार और धार्मिक कार्यों से लोगों में लोकप्रिय हो गईं। वास्तव में यहीं से अहिल्या के एक नए जीवन की शुरुआत हो गई और वे अहिल्या से अब अहिल्याबाई होल्कर बनकर उभरीं।

□

जीवन संघर्ष में मन पर विजय

एक भारतीय हिंदू पतिव्रता नारी अपने पति को ईश्वर के समकक्ष मानकर अपना सबकुछ उस पति परमेश्वर को समर्पित कर देती है, लेकिन उस पतिव्रता नारी का वैधव्य जीवन बड़ा कष्टदायक होता है। ऐसे विपरीत समय में कैसे एक विदुषी भारतीय नारी अपने कृतित्व से समाज को प्रेरणा दे सकती है ? यह देखना हो तो अहिल्याबाई उस भारतीय नारी का प्रतिनिधित्व करती दिखाई देती हैं, उनका जीवन नारी जाति के लिए एक आदर्श है। अहिल्याबाई के पति खंडेराव का निधन उनके जीवन में दु:खों और कष्टों की पराकाष्ठा थी। अहिल्याबाई ने पति खंडेराव के साथ अपने वैवाहिक जीवन के 29 वर्ष बिताए थे। उन्हीं के प्रेम और स्नेह के कारण खंडेराव के जीवन में अकल्पनीय परिवर्तन हुए थे। उन्हीं के कारण खंडेराव राजकाज में सक्रिय हुए थे और उन्हीं के कारण ससुर मल्हारराव होल्कर के साथ युद्ध अभियान पर जाने लगे थे। अहिल्याबाई की खंडेराव के साथ जीवन की अनेक मधुर और कटु स्मृतियाँ जुड़ी हुई थीं, जो उनके अकेलेपन के समय ताजा हो जाती थीं। अब उन स्मृतियों में व्यथा, विरह, करुणा और दायित्वों का महासागर शेष रह गया था।

मल्हारराव उनके ससुर ही नहीं, बल्कि पितातुल्य उनके मार्गदर्शक और गुरु थे। उन्हीं के आग्रह और निवेदन पर उस मानसिक अवस्था में उन्होंने सती होने के अपने निश्चय को बदला था। उन्होंने सती न होकर परिवार, राज्य और प्रजा के हितार्थ अपने जीवन को लगा देने का निश्चय किया

था। इसलिए अहिल्याबाई ने मानसिक रूप से पति की चिता में अपनी सभी व्यक्तिगत सुख-सुविधाओं और सुखद भावनाओं को सदा-सदा के लिए तिलांजलि दे दी थी। उसी दिन से कीमती एवं रंग-बिरंगे आकर्षक वस्त्रों और आभूषणों का त्याग कर दिया था। समस्त राजसी सुख-वैभव का त्याग करके श्वेत वस्त्र धारण कर मानव सेवा हेतु स्वयं को समर्पित कर दिया था।

अहिल्याबाई के साथ मल्हारराव होल्कर ने पुत्रवधू का ही नहीं, बल्कि एक बेटी की तरह लालन-पालन किया था, एक दिशा प्रवर्तक का व्यवहार किया था, इसलिए अहिल्याबाई की उस वैधव्य स्थिति को देखकर उनका मन रो पड़ा था। अहिल्याबाई की वह स्थिति उनसे देखी नहीं जा रही थी। ऐसी कारुणिक स्थिति में उन्होंने अहिल्याबाई और अपने जनाने को इंदौर भेजने का निश्चय कर उन्हें इंदौर रवाना कर दिया।

मल्हारराव होल्कर ने 30 वर्षीय अपने एकमात्र पुत्र खंडेराव की हत्या से आक्रोशित होकर प्रतिज्ञा की थी—"मैं अपने हाथों से राजा सूरजमल का मस्तक काटूँगा और जिस किले से गोला दागा गया था, उस कुंभेर के किले को नींव से खोदकर यमुना में बहा दूँगा।" अतः अपनी प्रतिज्ञा पूरी करने हेतु युद्ध आरंभ करने की घोषणा की। परंतु खंडेराव के उत्तर कर्म होने तक परिस्थितियाँ पूरी तरह से बदल चुकी थीं। जयप्पा सिंधिया और रघुनाथराव द्वारा युद्धबंदी की घोषणा कर दी गई। मुगल बादशाह अहमदशाह से मल्हारराव ने तोपें मँगवाई थीं, जो उसने नहीं भेजीं। इसके विपरीत उसने अपने बख्शी को सेना सहित दिल्ली बुला लिया। इस बदली हुई परिस्थिति में भी मल्हारराव होल्कर ने कई दिनों तक कुम्हेर के किले के पास डेरा डाले रखा और अंत में जाटों से युद्ध किया, लेकिन उनको पराजय का सामना करना पड़ा।

मल्हारराव होल्कर अपने बेटे की मृत्यु का बदला सूरजमल जाट और बादशाह अहमद शाह से लेना चाहते थे, इसलिए वे उचित अवसर की तलाश कर रहे थे। वे इस बात से खिन्न थे, क्योंकि दिल्ली के बादशाह अहमदशाह

ने उन्हें कठिन समय में धोखा दिया था। 17 मई, 1754 को उन्हें सूचना मिली कि अहमदशाह अपने लाव-लश्कर के साथ सिकंदराबाद जा रहा है। मल्हारराव ने इसे अच्छा अवसर मानकर उस पर आक्रमण कर दिया, जिसमें उन्हें भारी धन, तोपें और युद्ध की सामग्री प्राप्त हुई और अहमदशाह डरकर दिल्ली भाग गया। मल्हारराव ने उसका पीछा दिल्ली तक नहीं छोड़ा, उन्होंने दिल्ली पहुँचकर लाल किले को घेर लिया। अहमदशाह भयभीत होकर किले में दुबका रहा। मराठों की सेना ने दिल्ली को लूटा और अंत में दिल्ली के लाल किले पर भी अधिकार कर बादशाह अहमदशाह को नजरबंद कर दिया। मल्हारराव ने पुणे में पेशवा को संदेश भिजवाया कि दिल्ली पर मराठों की सेना ने कब्जा कर लिया है। मल्हारराव चाहते थे, दिल्ली की गद्दी पर कोई हिंदू राजा बैठे, साथ ही वह अहमदशाह से बदला भी लेना चाहते थे। परंतु पेशवा का बहुत दिनों तक जब कोई जवाब नहीं आया तो स्वयं मल्हारराव ने कुछ निर्णय करने का निश्चय किया। दिल्ली की राजगद्दी पर भी किसी को बिठाना जरूरी समझकर मल्हारराव ने 1754 में दिल्ली के पुराने बादशाह के पुत्र को दिल्ली की राजगद्दी पर बैठाकर आलमगीर द्वितीय की उपाधि से विभूषित कर उसे बादशाह बना दिया। अपना बदला लेने के लिए बादशाह अहमदशाह को अंधा कर उसे कैदखाने में डाल दिया।

सन् 1755 में पेशवा ने मेवाड़ में संघर्षरत जयप्पा सिंधिया की मदद करने के लिए मल्हारराव को पुष्कर जाने का आदेश भेजा। जब मल्हारराव मेवाड़ पहुँचे तो जयप्पा ने उनकी सहायता लेने से इनकार कर दिया। उधर अजित सिंह के पुत्र विजयसिंह ने मल्हारराव और अजित सिंह की मित्रता की याद दिलाते हुए मल्हारराव से मदद की गुहार की। अजित सिंह से मल्हारराव ने कहा, "जब तक जयप्पा जीवित हैं, तब तक वे कोई मदद नहीं कर सकते, अगर जयप्पा नहीं रहेंगे तो वे पेशवा को बोलकर सिंधिया से संधि करा देंगे।" विजयसिंह उनका इशारा समझ गए और मेवाड़ के लिए प्रस्थान कर गए। कुछ दिनों पश्चात् 25 जुलाई, 1755 को जयप्पा सिंधिया की हत्या

हो गई। उनकी मृत्यु होने पर उनके भाई दत्ताजी सिंधिया ने मराठा सेना का नेतृत्व सँभाला। मल्हारराव के पुत्र खंडेराव की मृत्यु के पश्चात् पेशवा के साथ मिलकर जयप्पा ने ही सूरजमल जाट से संधि कराई थी, इस बात से मल्हारराव बहुत नाराज थे। जयप्पा की मृत्यु के पश्चात् पेशवा से बोलकर मल्हारराव ने अतंतः जनवरी 1756 में दत्ताजी और विजयसिंह के बीच संधि संपन्न कराई। जयप्पा के निधन के पश्चात् मराठा संघ में अब सबसे वरिष्ठ और शक्तिशाली योद्धा कोई था तो वह मल्हारराव होल्कर था।

अहिल्याबाई पल-पल बदलती हुई परिस्थितियों का आकलन करती रहती थीं। मल्हारराव लगातार अहिल्याबाई को पत्रों और संदेहवाहक द्वारा वर्तमान घटनाक्रम से अवगत कराते रहते थे। मल्हारराव द्वारा युद्ध में जो आवश्यक मदद माँगी जाती थी, अहिल्याबाई तुरंत उनकी व्यवस्था कर शीघ्रता से पहुँचाती थीं। अहिल्याबाई लगातार राजकाज संबंधित समाचार भी मल्हारराव को भेजती थीं। खासगी जागीर द्वारा जो निर्माण कार्य और पुण्य के कार्य वे कर रही थीं, उनके भी समाचार वे मल्हारराव होल्कर को भेजती रहती थीं।

अहमदशाह अब्दाली अफगानिस्तान से होते हुए आगे बढ़ रहा था, इसके समाचार भी अहिल्याबाई को चिंतित कर रहे थे। मराठा संघ के अंतर्द्वंद्व और भारतीय राज्यों की आपसी कलह भी जगजाहिर थी। ऐसे में अहमदशाह अब्दाली को रोकना असंभव-सा प्रतीत होता दिखाई दे रहा था। पेशवा बालाजी बाजीराव अत्यंत कमजोर थे, इसलिए वे स्वयं प्रत्यक्ष युद्ध से दूर रहना चाहते थे। मल्हारराव होल्कर जैसे अनुभवी, दूरदृष्टा, रणनीति कुशल और वीर योद्धा के सुझाव को दत्ताजी और राघोबा लगातार नजरअंदाज कर रहे थे। पेशवा को भी इन सब बातों के लिए उन्होंने सहमत करा लिया था। अंततः पेशवा के रुख को देखते हुए मल्हारराव ने मौन रहना ही उपयुक्त समझा।

जनवरी 1757 में अहमदशाह अब्दाली अफगानिस्तान से लूटमार, बलात्कार करता हुआ आगे बढ़ता आ रहा था। अहमदशाह अब्दाली की सेना

दिल्ली, मथुरा, आगरा, वृंदावन, बरसाना, गोकुल आदि स्थानों पर भयंकर लूटपाट कर रही थी। जनता त्राहि-त्राहि कर शवों में परिणत होती जा रही थी। महिलाओं के पास अपनी इज्जत-आबरू बचाने के लिए मृत्यु के अतिरिक्त कोई मार्ग शेष नहीं बचा था। अंत में लौटते समय पंजाब में वीर सिख सेना के आक्रमण से भयभीत होकर अहमदशाह अब्दाली लाहौर में अपने सेनापति जहाँ खाँ को छोड़कर काबुल रवाना हो गया। राघोबा और मल्हारराव होल्कर के नेतृत्व में मराठा सेना ने पंजाब में अहमदशाह अब्दाली के नवाब जहाँ खाँ को पराजित कर पंजाब को अपने अधिकार में ले लिया। इस युद्ध में मराठा संघ के एक महत्त्वपूर्ण योद्धा दत्ताजी सिंधिया वीरगति को प्राप्त हुए।

सन् 1760 में अहमदशाह अब्दाली ने पुनः भारत पर आक्रमण किया और इस बार अब्दाली अधिक तैयारी से आया था। गुप्तचरों से जब पेशवा बालाजी बाजीराव प्रथम को जानकारी मिली तो उन्होंने विश्वासराव को सेनापति बनाकर सदाशिवराव भाऊ के संरक्षण में 30 हजार की सेना और भारी तोपखाने के साथ अहमदशाह अब्दाली से मुकाबला करने के लिए भेजा। मराठा सेना ने 31 जुलाई, 1760 को दिल्ली पहुँचकर, दिल्ली पर अधिकार कर लिया। जनवरी 1761 में पानीपत के मैदान में अब्दाली और मराठा सेना के बीच भयंकर युद्ध हुआ। मल्हारराव ने कई बार सदाशिवराव भाऊ को अपनी रणनीति बदलने का सुझाव दिया था, लेकिन सदाशिवराव भाऊ ने उनकी एक न सुनी और उल्टा उनका अपमान किया। अंततः अपरिपक्वता के कारण मराठा सेना को अपमानजनक हार का सामना करना पड़ा। सदाशिवराव भाऊ, विश्वासराव जैसे बड़े-बड़े 27 योद्धाओं को मराठा संघ को खोना पड़ा। यह युद्ध इतना भयंकर था, जिसमें 28 हजार मराठा योद्धा वीरगति को प्राप्त हुए थे। अहमदशाह अब्दाली की भी इस युद्ध में भयंकर क्षति हुई। इसलिए अहमदशाह अब्दाली ने आगे युद्ध का विचार छोड़कर अली गौहर को शाह आलमगीर द्वितीय के नाम से भारत का बादशाह बनाकर अफगानिस्तान लौटना ही उपयुक्त समझा और वह अफगानिस्तान लौट गया। मल्हारराव होल्कर, महादजी सिंधिया, नाना पुरंदरे आदि के साथ 20 हजार

मराठा सैनिक पानीपत के युद्ध से अपने प्राण बचाकर वापस लौट पाए थे।

पानीपत के इस भयंकर युद्ध के समय पेशवा बालाजी बाजीराव प्रथम पचोर में रंगरलियाँ मना रहा था। जब अहमदशाह अब्दाली के काबुल लौटने का समाचार उसे मिला तभी वह 22 मार्च, 1761 को पूना लौटा। 23 जून, 1761 को क्षयरोग के कारण पेशवा बालाजी बाजीराव प्रथम का निधन हो गया। उनके निधन के पश्चात् उनके 16 वर्षीय पुत्र माधवराव का पेशवा के रूप में राज्याभिषेक किया गया। अवयस्क होने के कारण उनके चाचा रघुनाथराव (राघोबा) को उनका संरक्षक बनाया गया।

पानीपत के युद्ध में हार के कारण पूरे हिंदुस्थान में मराठा शक्ति के पतन का वातावरण निर्मित हो गया था। सभी मराठा अधिनस्थ राजा अपने आप को स्वतंत्र अनुभव कर रहे थे, होल्कर राज्य में भी असमंजस की स्थिति निर्मित हो गई थी। ऐसी परिस्थितियों में मल्हारराव मालवा में व्यवस्था संचालन के लिए इंदौर लौट आए। अपनी पत्नी गौतमाबाई के खराब स्वास्थ्य के चलते उनकी सेवा में वे व्यस्त हो गए।

अहिल्या ने पिता और गुरुतुल्य ससुर मल्हारराव के विश्वास को कभी खंडित नहीं होने दिया। उन्होंने दृढ़ता से शासन संचालन के साथ ही ससुर को युद्ध में समय-समय पर आवश्यक सामग्री से लेकर अन्य सभी व्यवस्थाओं को करने में कभी भी शिथिलता नहीं आने दी। वे युद्ध अभियान के समय पंद्रह-पंद्रह, बीस-बीस दिनों तक घोड़े पर सवार होकर समयानुकूल व्यवस्थाओं में सक्रिय रहती थीं।

अहिल्याबाई मल्हारराव के लौटने पर उनसे पानीपत के युद्ध परिणाम के विषय में चर्चा करती रहती थीं। वे हार के कारणों की समीक्षा करती थीं। पानीपत युद्ध में हारकर लौटे अपने ससुर की हालत देखकर चिंतित भी होती थीं। एक हारे हुए योद्धा के मन की पीड़ा को वे स्वयं अनुभव कर रही थीं। पिपल्याराव में बीमार गौतमाबाई की सेवा में संलग्न मल्हारराव को भी वे देख

रही थीं। जो इस कठिन समय में अपनी प्रिय पत्नी के कष्टों में उनके साथ होने का अहसास करा रहे थे।

अहिल्याबाई ने गौतमाबाई को हमेशा माँ के रूप में ही देखा था। बहुत छोटी आयु में अहिल्याबाई का विवाह हुआ था। तब विवाह क्या होता है? घर-गृहस्थी का कार्य क्या होता है? राज्य परिवार की मर्यादा क्या होती है? तब वे ठीक से यह जानती भी नहीं थीं। अहिल्याबाई ने गृहस्थी, परिवार और राज्य की मर्यादा संबंधित अधिकांश कार्य गौतमाबाई से ही सीखे थे। इसलिए वे गौतमाबाई को अपने पारिवारिक जीवन का मार्गदर्शक मानती थीं। उन्होंने गौतमाबाई के स्वास्थ्य सुधार के सभी प्रयास किए थे, लेकिन सभी प्रयास निरर्थक रहे।

पुत्र खंडेराव की मृत्यु के आघात से आहत गौतमाबाई उससे उबर नहीं पाई थीं। वह शारीरिक रूप से दिनों-दिन कमजोर होती चली गईं और उनका निरंतर स्वास्थ्य गिरता ही चला गया था। खासगी जागीर की विरासत और पौत्र-पौत्री का मोह भी उन्हें स्वस्थ नहीं रख पाया था। जब मन अस्वस्थ होता है तो स्वाभाविक तन पर उसका अनुकूल प्रभाव नहीं होता है। अपने सबसे प्रिय का विरह-शोक व्यक्ति को निरीह और कमजोर बना देता है। उसके आत्म विश्वास को भी कमजोर कर देता है। मनुष्य की काया समाप्त होने के साथ ही उस पीड़ा और कष्ट से मुक्ति मिल पाती है। अंततः तन के साथ मन से भी आहत गौतमाबाई का 21 सितंबर, 1761 को पिपल्याराव में निधन हो गया। अहिल्याबाई के मस्तक पर से माँ तुल्य सास का साया हमेशा-हमेशा के लिए उठ गया। गौतमाबाई के जाने से अहिल्याबाई स्वयं को अकेली अनुभव करने लगी थीं। अहिल्याबाई के लिए यह आघात अपने जीवन का दूसरा सबसे बड़ा आघात था।

अहिल्याबाई के ऊपर पारिवारिक जवाबदारी के साथ राज्य की जवाबदारी भी आन पड़ी थी। प्रजा का सुख ही वे अपना सुख मानती थीं, राज्य का भला ही अपना भला मानती थीं। इसलिए इस आघात को भी वे

सहन करते हुए अपने पिता तुल्य ससुर के संबल को बनाने के लिए पुनः राज्य व्यवस्था संचालन में सक्रिय हो गईं।

पेशवा माधवराव ने अपनी सहायता हेतु मल्हारराव को एक मार्मिक पत्र लिखकर उन्हें सहायता के लिए पूना आमंत्रित किया। पत्नी गौतमाबाई की मृत्यु से दुःखी और मृत्यु संस्कारों में व्यस्त मल्हारराव ने पेशवा को कड़ा उत्तर लिख भेजा, क्योंकि नाना पेशवा ने पानीपत से जीवित लौटे होल्कर, सिंधिया और पवार के महलों की जब्ती का आदेश निकाला था। किंतु इनसे युद्ध करने के लिए सेना तैयार न होने के कारण उस आदेश को दो माह बाद वापस लेना पड़ा था। (होल्कर राज्य संस्थापक-सूबेदार मल्हारराव होल्कर-रामसिंह शेखावत-पृष्ठ 241) अपने उत्तर में मल्हारराव ने लिखा था—"श्रीमंत पेशवाओं को संकट के समय ही मल्हारराव होल्कर की याद आती है? मराठा संघ और हिंदवी स्वराज हित में जब सलाह दी जाती है तो हमें भेड़-बकरियाँ चरानेवाला कहा जाता है। बिना लड़े और बिना घाव खाए आपके कोंकणी सेनापति विटठ्ल शिवदेव विंचूरकर पानीपत से भाग आए तो उन्हें दरबार में सम्मानीय पद दिया गया। आपके जातीय बंधु होने से नारोशंकर, पलांडे और गोविंद पंत का बेटा युद्ध से जान बचाकर भाग आए तो उन्हें जागीरें दी गईं और मेरी जागीर की जब्ती के फरमान निकाले गए? मैं आपका वेतनभोगी नहीं हूँ श्रीमंत! केवल महाराज छत्रपति के मराठा संघ के हिंदवी स्वराज को समर्पित होकर आपका छत्रपति महाराज का दीवान होने के कारण मैं हर पेशवा को अपने मन से स्वामी मानता रहा हूँ। मैंने पेशवाओं की कृपा से नहीं, अपितु अपने बाहुबल से ही महाराष्ट्र से लेकर गंगा नदी तक का विशाल होल्कर राज्य का निर्माण किया है। अब मैं मुफ्त में आपकी कोई मदद नहीं करूँगा। यदि आप मुझे रावेर, साँवेर, सिरोंज, देपुर, पाड, कोरेगाँव, विजयगढ़, वैजापुर, गालण, बिबवी, डोहोगाँव, चाँदवड़, मनचर, पिसोने के परगने और चाँदवड़ के किले देने को तैयार हों तो मैं सेना लेकर मदद को आ सकता हूँ।"

पेशवा माधवराव के सामने मल्हारराव होल्कर की माँगें स्वीकार करने

के अतिरिक्त अन्य कोई विकल्प नहीं था, इसलिए उन्होंने मल्हारराव होल्कर की सभी माँगें स्वीकार कर लीं। 68 वर्षीय वयोवृद्ध मल्हारराव अपनी सेना सहित पुणे पहुँचे और अपने शौर्य, पराक्रम, शक्ति और साहस के बल पर धूल में मिल चुके मराठा राजा की प्रतिष्ठा को पुनः प्राप्त किया।

पेशवा माधवराव के आदेश पर मल्हारराव युद्ध अभियानों में व्यस्त रहे। लखनऊ के नवाब और होल्कर सेना के एक नए शत्रु अंग्रेज से 3 मई, 1765 को युद्ध हुआ। अंग्रेजों की अनुशासित सेना और आधुनिक मारक तोपों के कारण उन्हें पराजय का सामना करना पड़ा। मल्हारराव अपनी बिखरी हुई सेना लेकर रुहेलखंड पहुँचे और वहाँ रुहेलों का दमन किया। आगे बढ़ते हुए गोहद के राजा से तीन लाख रुपए खंडनी वसूल कर पेशवा को दिलाए। झाँसी को जीता, लेकिन झाँसी के राज सिंहासन पर मल्हारराव के स्थान पर पेशवा माधवराव ने एक कोंकणी ब्राह्मण विश्वासराव लक्ष्मण को राजा बनाकर बिठा दिया। (इसी परिवार में आगे चलकर रानी लक्ष्मीबाई का विवाह हुआ था) मल्हारराव का इस घटना के बाद पेशवा माधवराव से मोह भंग हो गया और उनका मन टूट गया।

मल्हारराव ने कुछ समय झाँसी रुककर झेलना, भांडेर, टेहरी और वेलरी होते हुए आलमपुर में पहुँचकर अपना पड़ाव डाला। मांगरोल में राजपूतों से युद्ध करते हुए उनके हाथ में गोली लगी थी, उसके कारण उनका स्वास्थ्य अत्यधिक खराब हो गया था। पीड़ा और दर्द के कारण उनका आगे बढ़ना अब मुश्किल था। यह वयोवृद्ध योद्धा जान चुका था कि अब यह उनका मौत से अंतिम युद्ध है।

मराठा संघ और पेशवा माधवराव का पतन होगा, मल्हारराव अपने अनुभव से यह महसूस कर रहे थे। उन्होंने अहिल्याबाई को दर्द से कराहते हुए दुःखी भाव से कहा—"अब छत्रपति की हिंदू स्वराज पादशाही तो डूब गई है, अब तो पेशवाओं की पेशवाशाही रह गई है। अब होल्करशाही की चिंता तुझे ही करनी है बेटी! होल्कर वंश की लाज मैं तुझे सौंपकर जा रहा हूँ।"

मल्हारराव अचानक कान पर हाथ रखकर कराह उठे और उन्होंने कराहते हुए जैसे पीड़ा को आत्मसात् करने हेतु अपने नेत्र मूँद लिये।

मराठा संघ का सबसे शक्तिशाली योद्धा दर्द और पीड़ा से कराह रहा था। उनकी ऐसी स्थिति देख उनके पास शांत खड़े उनके परिजन और मराठा सेनापति फफक-फफककर रो पड़े, लेकिन ऐसी कारुणिक स्थिति में तभी आँखों से आँसू बहाते हुए तुकोजीराव होल्कर ने दृढ़ स्वर में कहा—"अहो मल्हारबा आबा साहेब मर्द मराठा कट मरेगा, किंतु किसी को होल्करशाही की ओर आँख उठाकर देखने नहीं देगा। हम उनकी आँखें निकाल लेंगे। मालेराव आपकी अमानत है सरकार···उसे हम सभी सँभालेंगे···" तुकोजी ने सेनापतियों को देखते हुए कहा, "अहिल्याबाई साहेब अब से हमारी माँ साहिबा होंगी। उनके एक संकेत पर मालवा का बच्चा-बच्चा खड़ा होगा। आप बिल्कुल भी चिंता न करें आबा साहेब सरकार!"

तुकोजीराव ने ये शब्द सुनकर एक निश्चिंतता के भाव के साथ अपने 22 वर्षीय पौत्र मालेराव को देखते हुए कहा—"मालू मेरे सामने तीनों पेशवा लाखों का कर्ज छोड़कर मरे हैं बेटा, किंतु मैं तुझे कर्ज में छोड़कर नहीं जाऊँगा। तेरे पास करोड़ों की नगद सिल्लक और गोदावरी से लेकर चंबल तक और गुजरात से लेकर भोपाल की सीमा तक का विशाल होल्कर राज्य रहेगा···। अपनी पैदल और घुड़सवार मिलकर 50 हजार की सेना, हाथी, ऊँट सभी हैं। होल्करशाही की अपनी टकसाल और अपना ही तोप ढालने का कारखाना भी है।" ये वही मल्हारराव थे, जिन्होंने अच्छे-अच्छे योद्धाओं को युद्धभूमि में परास्त किया था, परंतु आज वे मृत्यु के देवता से पराजित हो गए।

मल्हारराव होल्कर की मृत्यु के पश्चात् अहिल्याबाई स्वयं को अकेली और निराश्रित अनुभव करके दहाड़ मार-मारकर रोने लगी थीं। सामान्य दैनिक जीवन की दिनचर्या में अहिल्याबाई का ललाट अप्रतिम तेज से सुशोभित रहता था। किंतु आज वही ललाट ओजहीन और व्यक्तित्व तनावग्रस्त हो गया। विरह-वेदना और विचार के द्वंद्व से व्याकुल होकर उनको लग रहा था कि

इस पीड़ादायक जीवन से वे भी हमेशा-हमेशा के लिए मुक्त हो जाएँ, परंतु दायित्व, कर्तव्य व पुत्र-पुत्री की जवाबदारी के कारण उन्होने ईश्वर इच्छा मानकर उठ रहे नकारात्मक विचार को दुत्कार दिया।

अहिल्याबाई भली-भाँति जानती थीं कि इतना विशाल होल्कर राज्य उसके ससुर ने शौर्य और पराक्रम के बल पर खड़ा किया है। अब उसी राज्य को सुखी, समृद्ध व विकसित करना ही उसके जीवन का एकमात्र ध्येय है। उसे पारिवारिक दायित्वों की तुलना में राजनीति, रणनीति और राजकार्यों में अधिक समय देना उनकी विवशता प्रतीत हो रही थी। क्योंकि मल्हारराव के सतत भ्रमणशील, युद्धरत् और राज्य विस्तार करने के अभियान में राज्य के बाहर रहने के कारण उसे ही प्रशासनिक व्यवस्थाओं, ससुर की आवश्यक सुविधाओं एवं युद्ध अभियानों में भागीदारी का अधिक निर्वहन करना पड़ा था।

मल्हारराव होल्कर की पूरे देश में ऐसी दहशत थी कि उनका नाम सुनते ही अच्छे-अच्छे योद्धा रणभूमि से पीठ दिखाकर अपनी जान बचाते थे। लेकिन आज वह योद्धा इस दुनिया में नहीं था। मृत्यु से पूर्व मल्हारराव ने अपनी पुत्रवधू अहिल्याबाई से कहा था—"बेटी! मेरे बाद तू निराश मत होना। अपने पुत्र को राजगद्दी पर बिठाकर तू राजमाता के रूप में शासन करना। होल्कर राज्य पर यदि कोई बाहर से संकट आए तो मेरे मित्र बड़ौदा के दमाजी गायकवाड़ से सहायता ले सकती हो। बुरी नियत के लोगों से सावधान रहना।" अपने ससुर की अंतिम इच्छा और मार्गदर्शन अनुसार अहिल्याबाई ने अपने पुत्र मालेराव को राजगद्दी पर बिठाया और स्वयं राजमाता के रूप में मालेराव की संरक्षक बनकर शासन के सभी कार्य सँभालने लगी थी।

अपने पति खंडेराव की मृत्यु के पश्चात मल्हारराव होल्कर का अधिकांश समय युद्ध अभियान में ही व्यस्त रहा था। इसलिए अहिल्याबाई का अधिकांश समय राज्य कार्य और मल्हारराव होल्कर द्वारा बताए अनुसार व्यवस्था करने में ही बीता था। इसलिए अपने पुत्र-पुत्री की देखरेख पर वे अधिक ध्यान न दे सकी थीं। पुत्र-पुत्री की सँभाल और देखभाल गौतमाबाई

ही देख रही थीं। गौतमाबाई के संरक्षण और लाड़-प्यार के कारण मालेराव बिगड़ गया था। मालेराव अपने पिता की तरह अनियंत्रित और जिद्दी हो गया था। अहिल्याबाई को जब यह सब ध्यान आया तो वे अपने पुत्र को समझाती रहती थीं। वे मालेराव को राजकाज के कार्य में व्यस्त रखना चाहती थीं।

मालेराव आठ वर्ष की आयु से ही पिता खंडेराव होल्कर और दादा मल्हारराव होल्कर के साथ विभिन्न युद्ध अभियानों में रहे थे। मालेराव स्वयं एक महान् योद्धा थे। 1761-62 में मल्हारराव ने मालेराव की तलवारबाजी से प्रभावित होकर उसे सुल्तानपुर की जागीर पुरस्कार के रूप में दी थी। मल्हारराव होल्कर के स्वर्गवास के पश्चात् अब होल्कर राजसिंहासन पर विराजमान होकर मालेराव मालवा का राजा बन गया था और अहिल्याबाई उसकी संरक्षक बन गई थी। पेशवा माधवराव ने मालेराव को मालवा के सिंहासन पर बैठने के पश्चात् पहली मुहिम के तहत जो कार्य सौंपा था, वह जवाहर सिंह जाट के साथ समझौता करने के लिए भेजा। मालेराव ने इस समझौते को सफलतापूर्वक संपन्न कराया था।

मालेराव को शासन की बागडोर सँभाले हुए अभी एक वर्ष भी नहीं हुआ था। इधर अहिल्याबाई देख रही थीं कि मृत्यु का देवता एक के बाद एक परिवार के सदस्यों को काल का ग्रास बनाता जा रहा है। उनका पुत्र मालेराव भी नौ-दस मास में ही मानसिक अस्वस्थता और बीमारी के कारण 1767 में चल बसा। हे ईश्वर! पहले पति, फिर ससुर, फिर पुत्र, कितनी परीक्षा लोगे—अहिल्याबाई मन-ही-मन पुकार उठीं, लेकिन फिर भी अहिल्याबाई ने हिम्मत नहीं हारी।

अहिल्याबाई पूर्ववत् राजकार्य सँभालती रहीं और एक विश्वस्त तुकोजीराव होल्कर को उसने सेनापति बना दिया। अपने दुःख, कष्ट को जनता के सामने नगण्य मानकर पुनः अपने धर्मपरायण, लोकसेवा और प्रशासनिक कार्यों को अपने जीवन कार्य समझकर करने लगी थीं।

□

छतरीबाग इंदौर में स्थित अहिल्याबाई के परिजनों की छतरियाँ

गोतमाबाई (सास)

श्रीमंत मल्हारराव होल्कर (ससुर)

श्रीमंत खंडेराव होल्कर (पति)

श्रीमंत मालेराव होल्कर (पुत्र)

प्रशासन एवं युद्ध कौशल

अहिल्याबाई अब तक मल्हारराव के मार्गदर्शन और सास गौतमाबाई के संरक्षण में अनेक जनहित, लोकहित और धर्महित के कार्य कर चुकी थीं। उनके इन कार्यों के कारण मालवा ही नहीं, देश भर में अहिल्याबाई के कार्यों की प्रशंसा हो रही थी। उनको जनता अब देवी का अवतार मानने लगी थी। इसलिए अब उन्हें देवी कहकर पुकारा जाने लगा था। देवी अहिल्याबाई एक राजा की पुत्रवधू, एक राजा की पत्नी और एक राजा की माता थीं। अब तीनों ही महारथी इस दुनिया में नहीं थे, इसलिए मालवा के राज्य की वही अब संरक्षक थीं। उन्होंने अपने ससुर के पुरुषार्थ से खड़े मालवा राज्य का स्वयं संचालन करने का विचार कर लिया था। उस समय की तात्कालिक परिस्थितियों को देख कुछ लोग मालवा राज्य को हड़पने की योजना बना रहे थे। उनका तर्क यह था कि एक विधवा महिला राजसिंहासन पर विराजमान नहीं हो सकती है। इन सबकी परवाह किए बगैर देवी अहिल्याबाई ने अपने आप को मालवा राज्य का अधिपति घोषित कर दिया। अपने विश्वस्त तुकोजीराव होल्कर को अपना सेनापति घोषित कर वे राजसिंहासन पर विराजमान हो गईं।

प्रशासनिक कार्यों, देश की परिस्थितियों और युद्ध की स्थिति निर्मित होने पर क्या करना चाहिए? वर्तमान भारत के राज्यों की स्थितियाँ, उनमें चलनेवाली राजनीतिक उठा-पटक, राजनीति के व्यावहारिक सूत्र और दाँव-पेच, युद्ध क्षेत्र से संबंधित जानकारियाँ और देश की भौगोलिक स्थिति का प्रत्यक्ष-अप्रत्यक्ष ज्ञान अहिल्याबाई ने अपने ससुर मल्हारराव से प्राप्त किया

था। अन्य राज्यों में योग्य वकीलों की नियुक्ति, मंत्रिमंडल एवं राज्य के महत्त्वपूर्ण पदाधिकारियों के कार्यों की समीक्षा, अपने पड़ोस के राज्यों एवं शत्रु राज्यों की गतिविधियों पर नजर, समस्या के अनुकूल योग्य राजदूत का चयन, उन्हें दूसरे राज्य में भेजना एवं स्त्रियों-पुरुषों को गुप्तचर के रूप में नियुक्त कर उनका एक खुफिया तंत्र विकसित करना और उसके सूत्र अपने हाथों में रखना। ये सभी राज्य संचालन की बारिकियाँ अहिल्याबाई ने अपने ससुर से सीखी थीं। मल्हारराव के उसी मार्गदर्शन के प्रभाव से अहिल्याबाई राज संचालन करने में निपुण हो पाई थीं।

देवी अहिल्याबाई के अधिकांश चित्र अभी तक हमने जो देखे हैं, उनमें वे भगवान् शिव को अपने हाथों में रखे हुए हैं, जो उन्हें एक न्यायप्रिय शासक के रूप में स्थापित करता है। अहिल्याबाई में इसके अतिरिक्त युद्ध कौशल, रणनीति कौशल, राजनीतिक कौशल और नेतृत्व कौशल अद्भुत था।

देवी अहिल्याबाई ने नारी सशक्तीकरण की दृष्टि से एक महत्त्वपूर्ण कार्य किया था। उन्होंने अपने राज्य की नारियों में सैनिक भाव जागृत करते हुए उन्हें सैनिक प्रशिक्षण दिया था। उन्होंने एक कुशल सैनिक के रूप में नारी सैनिक दल तैयार किया था। उनका मानना था—"नारी केवल अबला नहीं है, आवश्यकता पड़ने पर वह सबला भी बन सकती है। घर-गृहस्थी के कार्यों के साथ-साथ वह पुरुषों के साथ युद्धभूमि में भी अपना पुरुषार्थ दिखा सकती है।" अहिल्याबाई की यह नारी सेना उनके साथ कई बार युद्ध अभियानों में सहभाग कर चुकी थी।

देवी अहिल्याबाई होल्कर भी स्वयं मल्हारराव के साथ कई बार युद्ध अभियान में सैनिक वेश में रही थीं। युद्ध रणनीति, शस्त्र संचालन उन्होंने अपने ससुर मल्हारराव के ही संरक्षण में सीखा था। इसलिए जरूरत पड़ने पर वे हर प्रकार की परिस्थितियों का सामना करने के लिए तैयार थीं। उन्होंने मालवा राज्य में कुशल सैनिक एवं शारीरिक रूप से बलिष्ठ सैनिक तैयार करने की दृष्टि से अपने राज्य में अनेक स्थानों पर अखाड़े प्रारंभ किए थे।

जिससे युवकों के शारीरिक सौष्ठव के साथ अपने राज्य के लिए लड़ने की भावना जागृत हो सके। इन अखाड़ों के माध्यम से मालवा राज्य की सेना को प्रशिक्षित नौजवान सैनिक के रूप में मिल सकें।

अहिल्याबाई युद्ध में घायल व वीरगति को प्राप्त योद्धाओं के परिजनों के प्रति अपनत्व का भाव रखती थीं। उनके परिजनों की वे देखरेख किया करती थीं। युद्धभूमि में अपनी वीरता का श्रेष्ठ प्रदर्शन करनेवाले योद्धाओं को पुरस्कृत करना, उनकी पदोन्नति कर उनका उत्साहवर्धन करना वे कभी नहीं भूलती थीं।

मालेराव होल्कर के निधन के पश्चात् होल्कर राज्य पर अनेक लोगों की कुदृष्टि थी। अहिल्याबाई को इस शोकग्रस्त समय में जब अतिरिक्त संवेदनशील बने लोग दिखाई दिए, तो वे उनके स्वार्थीपन को समझ गई थीं, जिनकी राज्य पर कुदृष्टि थी। इनमें स्वर्गीय मल्हारराव के विश्वासपात्र और उनके शासन के समय दीवान रहे गंगाधर यशवंत चंद्रचूड़ (गंगोबा) प्रमुख थे। गंगोबा चाहते थे अहिल्याबाई उनके पुत्र को दत्तक लेकर उसे होल्कर राजसिंहासन पर बैठाए। गंगोबा नहीं चाहते थे, अहिल्याबाई मालवा राज्य सिंहासन पर बैठें। अहिल्याबाई एक नारी है, विधवा है, इसलिए वह राजसिंहासन पर नहीं बैठ सकती, ऐसा प्रचार कर उसने षड्यंत्र प्रारंभ कर दिया था। अहिल्याबाई दीवान गंगोबा की नीति और नियत दोनों से अच्छी तरह परिचित हो गई थीं। देवी अहिल्याबाई को अपने विश्वस्त और गुप्तचरों से जानकारी मिली थी कि जनता उन्हें ही मालवा के सिंहासन पर बैठा हुआ देखना चाहती है। उधर गंगोबा ने अहिल्याबाई के प्रति जनता की अपार श्रद्धा, विश्वास के कारण अपने षड्यंत्र को विफल होते देखकर पूना राघोबा को संदेश भेजकर उन्हें अपने इस राज्य हड़पने के षड्यंत्र में शामिल कर लिया। जब अहिल्याबाई को गुप्तचर के माध्यम से पता चला तो उन्होंने तुरंत गंगोबा को दीवान के पद से मुक्त कर दिया।

राघोबा पेशवा माधवराव का चाचा था और गंगोबा के उकसाने पर

अपनी पचास हजार की सेना लेकर नर्मदा नदी पार कर खातेगाँव के पास अपना पड़ाव डाला और देवी अहिल्याबाई को गंगाधर के हाथ पत्र भेजा—"आपके पति व ससुर के देहांत पर मैं इंदौर नहीं आ सका था। अब आपके युवा पुत्र की असामयिक मृत्यु पर संवेदना प्रकट करने के लिए मैं आया हूँ।" पत्र में आगे यह भी लिखा—"राजगद्दी पर केवल पुरुष ही बैठते हैं, महिलाएँ नहीं। इंदौर की राजगद्दी पर एक विधवा बैठे, यह हमें स्वीकार नहीं। अत: आप तुरंत यह राज्य हमें सौंप देवें। यह भी ध्यान रहे कि हम सेना के साथ आए हैं।"

अहिल्याबाई अपने ससुर मल्हारराव होल्कर के बाहुबल से प्राप्त राज्य को इस तरह समाप्त होते नहीं देख सकती थी। उन्होंने परिस्थिति को भाँपते हुए अपने प्रमुख विश्वस्त लोगों से विचार-विमर्श कर राघोबा को कठोर भाषा में पत्र लिख भेजा—"किसी विधवा के पास संवेदना प्रकट करने के लिए सेना सहित जाना, शायद पेशवाओं में यही रिवाज होगा। इस संवेदना के लिए मैं आपकी आभारी हूँ। जहाँ तक राजगद्दी पर किसी विधवा के बैठने का प्रश्न है, तो आपको स्मरण होगा ही, छत्रपति राजाराम की मृत्यु के बाद उनकी विधवा ताराबाई ने गद्दी सँभाली थी, फिर मेरे पास राज्य है ही कहाँ, जो मैं आपको सौंप दूँ। वह तो मैं कब का कुल देवता को समर्पित कर चुकी हूँ और उनकी सेविका के रूप में उनकी धरोहर की रखवाली कर रही हूँ। आप सेना सहित आए हैं, इस बात का ध्यान रख मैं भी सेना सहित आपका स्वागत करने आ रही हूँ। हमारी पूरी सेना लड़ेगी, उसकी प्रथम पंक्ति में मेरी नारी सेना की टुकड़ी होगी, जिसका नेतृत्व मैं स्वयं करूँगी। मेरी हार होने पर सभी मराठों की सहानुभूति मुझ अबला के साथ होगी, लेकिन यदि कहीं आप हार गए तो एक अबला से हार होने का कलंक जीवन भर के लिए आपके माथे पर लग जाएगा। सोच लीजिए, फिर आप दुनिया को क्या मुँह दिखाएँगे?"

अहिल्याबाई के पत्र की भाषा इतनी स्पष्ट थी कि राघोबा को समझने में देर नहीं लगी। उन्होंने तुरंत परिस्थितियों का आँकलन करते हुए अपनी

सेना को नर्मदा के पार भेज दिया और स्वयं अकेला ही हाथी पर सवार होकर सांत्वना प्रकट करने इंदौर आया। लौटते समय राघोबा ने अपनी धूर्तता दिखाते हुए कहा—"मैं अब पूना लौट रहा हूँ तो वार्षिक कर, जो पेशवा को नहीं पहुँचा है, वह तो मेरे हाथ पहुँचा दीजिए।" अहिल्याबाई ने स्पष्ट उत्तर दिया—"मैंने राज्य सँभालते ही सारा राजकोष तुलसीदल के साथ भगवान् के चरणों में अर्पित कर दिया है। उसमें से कुछ भी लेने का अधिकार मेरा नहीं है। उसका उपयोग अब केवल धर्म के कार्य के लिए ही होगा। यदि आप याचना करें तो ब्राह्मण समझकर सारा राज्य आपको समर्पित कर देती हूँ।" राघोबा लज्जित होकर पूना लौट गया। इस तरह अपनी दृढ़ता के बल पर और राजनैतिक सूझबूझ के आधार पर अहिल्याबाई ने एक बड़े संकट को टाल दिया था।

राघोबा ने जिस तरह से मालवा पर अधिकार करने का प्रयास किया था, उसे समझते हुए अहिल्याबाई ने उसी बीच पेशवा माधवराव से संपर्क कर मालवा पर शासन करने की अनुमति माँगी थी। अंततोगत्वा सन् 1767 में पेशवा ने अहिल्याबाई को मालवा पर शासन करने की अनुमति प्रदान कर दी। 11 दिसंबर, 1767 को वे विधिवत् मालवा की गद्दी पर विराजित होकर इंदौर की शासक बन गईं।

राज्य और प्रशासन के कार्यों में व्यस्त होने के बाद भी अहिल्याबाई का इंदौर में मन नहीं लग रहा था। राघोबा का संकट टल चुका था, लेकिन फिर भी इंदौर में षड्यंत्र होने की संभावना बनी हुई थी। अहिल्याबाई अपने मन की शांति के लिए अपना निवास बदलने का विचार करने लगी थीं। ससुर मल्हारराव और पति खंडेराव की मृत्यु इंदौर से बाहर हुई थी, किंतु अपने पुत्र मालेराव को इंदौर के राजवाड़े में ही उन्होंने अंतिम विदाई दी थी। जब-जब वे अकेली होती थीं तो उन्हें इंदौर में अपने आत्मीयजनों के खोने की स्मृतियाँ ताजा हो जाती थीं। अपने मन में उठ रहे विचारों को उन्होंने अपने सरदारों के साथ साझा करते हुए राजधानी को बदलने का सुझाव रखा।

अहिल्याबाई की इच्छा थी कि राजधानी गंगा नदी के तट पर कहीं हो, लेकिन उस समय होल्कर राज्य तीन भागों में विभाजित था। एक भाग सतपुड़ा के पार दक्षिण की ओर, दूसरा सतपुड़ा के उत्तर की ओर, जिसमें निमाड़ और मालवा आता था, जिसे मध्य भाग कह सकते हैं और तीसरा भाग राज्य का उत्तरी भाग ठेठ राजपूताने तक फैला हुआ था। इसमें कहीं भी गंगा नदी का तट नहीं था। जहाँ होल्कर राज्य की राजधानी बनाकर पूरे राज्य पर निगाह रखी जा सके। भगवान् शिव को नर्मदा प्रिय है, नर्मदा होल्कर राज्य के मध्य में प्रवाहित है, राज्य संचालन की दृष्टि से भी सुरक्षित है। अहिल्याबाई का भी नर्मदा के प्रति अत्यंत लगाव और श्रद्धा होने के कारण नर्मदा के तट पर मरदाना गाँव, जिसका उल्लेख पुराणों में भी आया है, इन सभी बातों को ध्यान में रखकर मरदाना को राजधानी बनाने का निश्चय किया गया। जब ज्योतिषियों से विचार-विमर्श किया तो उन्होंने राज्य की राजधानी हेतु मरदाना को उतना शुभ नहीं माना था, इसके विपरीत महिष्मति (महेश्वर) को सभी दृष्टि से श्रेष्ठ और शुभ बताया गया। अहिल्याबाई ने तुरंत शुभ मुहूर्त देखकर अपनी राजधानी महेश्वर में स्थापित करने का निर्णय लिया।

पौराणिक और आध्यात्मिक दृष्टि से माँ नर्मदा तट पर बसा यह छोटा सा कस्बा महेश्वर ऐतिहासिक और पवित्र नगरी रहा था। प्राचीन साहित्य रामायण, महाभारत, पुराण, बौद्ध ग्रंथों एवं जैन ग्रंथों सहित अनेक विदेशी यात्रियों के यात्रा वृत्तांतों में महेश्वर का गौरवपूर्ण उल्लेख आया था। पुराणों में विख्यात राजा सहस्त्रार्जुन द्वारा शासित अनूपदेश की राजधानी एवं कालिदास के रघुवंश में उल्लेखित महिष्मति यही महेश्वर था। इतिहास प्रसिद्ध हैहयवंशी राजाओं की राजधानी यही महेश्वर रहा था। प्राचीन काल से ही महेश्वर एक पवित्रतम तीर्थ स्थल रहा था।

सामरिक दृष्टि से भी महेश्वर उस समय महत्त्वपूर्ण था। उत्तर से दक्षिण को जोड़नेवाले राजमार्ग के मध्य होने से महेश्वर महत्त्वपूर्ण स्थान था। एक तरह से इसे उत्तर-दक्षिण का द्वार कहा जाता था। सन् 1730 में सूबेदार

मल्हारराव होल्कर ने मुगलों से इसे छीनकर अपने अधिकार क्षेत्र में ले लिया था। पेशवा द्वारा गौतमाबाई को प्राप्त खासकी जागीर में महेश्वर परगना भी सम्मिलित था। महेश्वर राजधानी बनने से पूर्व खासकी जागीर का मुख्यालय था, जिसकी स्वामिनी स्वयं अहिल्याबाई थीं।

इस तरह हर दृष्टि से विचार कर अहिल्याबाई ने शीघ्रता से महेश्वर के किले की आवश्यक मरम्मत करवाई, राज्य के अनुकूल व्यवस्था कर किले को तैयार करवाया। सन् 1767 के अंतिम माह में महेश्वर नगर को होल्कर राज्य की नई राजधानी बनने का सौभाग्य प्राप्त हुआ। अहिल्याबाई द्वारा महेश्वर को राजधानी बनाने से यह नगर वर्षों बाद पुनः धार्मिक और राजनीतिक गतिविधियों का महत्त्वपूर्ण केंद्र बन गया। होल्कर राज्य का सेना मुख्यालय एवं राज्य की टकसाल आदि अभी अहिल्याबाई ने इंदौर में रखने का निर्णय लिया था।

इंदौर से महेश्वर राजधानी परिवर्तन के साथ ही अनेक चुनौतियाँ भी उनके सामने थीं, जिनका उन्हें समाधान करना था। मालेराव के निधन के पश्चात् से ही होल्कर राज्य में चोर-डाकुओं का आतंक बढ़ता ही जा रहा था, जिसके कारण राज्य में एक अनिश्चितता और अराजकता का वातावरण निर्मित हो गया था। इन डाकुओं के उपद्रवों से मुक्ति के लिए अहिल्याबाई ने अपने दरबार में यह घोषणा की कि जो कोई भी वीर मालवा के क्षेत्र को चोर-डाकुओं के उपद्रवों से मुक्त कराएगा, मैं उसके साथ अपनी पुत्री मुक्ताबाई का विवाह संपन्न कराऊँगी। तभी तराना परगने के एक सैनिक यशवंतराव फणसे ने यह संकल्प लिया कि अगर अहिल्याबाई उनको सैनिक सहायता उपलब्ध कराएँगी तो मैं मालवा राज्य से इन चोर-डाकुओं का हमेशा-हमेशा के लिए सफाया कर दूँगा। अहिल्याबाई ने उसे सैनिक सहायता उपलब्ध कराई थी। यशवंतराव फणसे ने अपने संकल्प की पूर्ति के लिए लगभग दो वर्षों तक कठिन श्रम करके, अपनी वीरता के बल पर चोर-डाकुओं का सफाया कर मालवा राज्य में शांति स्थापित करने में सफलता प्राप्त कर ली

थी। अहिल्याबाई ने अपनी घोषणा के अनुसार उस युवक के साथ अपनी बेटी मुक्ताबाई का धूमधाम से महेश्वर में विवाह संपन्न कराया।

महेश्वर के आसपास गणपतराव मराठा नाम के डाकू का आतंक छाया हुआ था। सामान्य जनता में उसका भय व्याप्त था। इंदौर और महेश्वर को जोड़नेवाले पहाड़ी एवं जंगल क्षेत्र के जामघाट के सँकरे मार्ग पर गणपतराव मराठा सक्रिय था। वह राहगीरों को लूटता, उनकी हत्या कर देता था। उनसे हाथ धुनाई भी लेता है, यह सब जानकारी अहिल्याबाई को अपने गुप्तचरों से प्राप्त हो रही थी।

गणपतराव मराठा जामघाट के मार्ग से निकलनेवाले राहगीर, गाड़ीवान और खच्चरवालों से हाथ धुनाई यह कहते हुए लेता था कि इस मार्ग का वह मालिक है, इसलिए उसे कर दिए बगैर आगे नहीं जा सकते। जो यात्री या गाड़ीवान उसे हाथ धुनाई नहीं देते थे, उन्हें वह लूट लेता था, उनके साथ मारपीट करता था और उनकी हत्या तक कर देता था। गणपतराव को भी यह जानकरी मिल चुकी थी कि अहिल्याबाई होल्कर ने महेश्वर को अपनी राजधानी बनाया है। अब वे महेश्वर में ही निवास करती हैं। उसने यह भी सुना था, लोग उन्हें राजमाता, देवी और मातेश्वरी कहते हैं। इन बातों को सुनकर उसके मन में भी अहिल्याबाई के प्रति सम्मान और आदर का भाव जागृत हो गया था।

एक बार एक गाड़ीवान जामघाट से निकल रहा था। तभी गणपतराव स्वयं उसे रोककर पूछता है, "कौन हो? कहाँ से आए हो? कहाँ जा रहे हो?" गाड़ीवान ने उत्तर दिया, "मैं चंदेरी से आ रहा हूँ, यशवंतराव होल्कर ने भेजा है और महेश्वर देवी अहिल्याबाई के यहाँ जा रहा हूँ।" गणपतराव ने गाड़ी की जाँच की तो उसमें उसे तीन छोटे-छोटे डिब्बे दिखे उसको लगा, शायद इसमें कोई बहुत मूल्यवान सामग्री होगी। जाँच करने पर वह देखता है, एक डब्बे में शिवलिंग, दूसरे में चंदेरी साड़ी और तीसरे में पान थे। उसको बड़ा आश्चर्य हुआ, इतनी दूर चंदेरी से यह व्यक्ति केवल यह सामग्री

लेकर महेश्वर जा रहा है। गणपतराव ने अपने एक साथी को उस गाड़ीवान के साथ भेजकर कहा, "देखना, अहिल्याबाई इन सामग्रियों का क्या करती हैं।" जब उसका साथी महेश्वर से लौटकर आया तो उसने गणपतराव को सब बातें बताईं। उसने कहा, "चंदेरी साड़ी अहिल्याबाई ने दासी को दे दी, पान उन्होंने ब्राह्मण और गरीबों में बाँट दिए और शिवलिंग की विधि-विधान से प्राण-प्रतिष्ठा की है।" यह जानकर गणपतराव को बहुत आश्चर्य हुआ, अहिल्याबाई ने उन वस्तुओं का स्वयं कोई उपयोग नहीं किया। इस घटना से उसकी अहिल्याबाई के प्रति श्रद्धा अत्यधिक बढ़ गई।

वह अपना लूटा हुआ सारा धन लेकर महेश्वर में अहिल्याबाई के दरबार में पहुँच गया। उसने जाकर अहिल्याबाई के सामने गुहार लगाई और बताया कि वह गणपतराव मराठा है और वह अपने पापों का प्रायश्चित्त करना चाहता है। अहिल्याबाई ने उसका नाम सुन रखा था। उन्होंने कहा, "तुम तो डाकू हो और तुम्हें तो दंड मिलना चाहिए, परंतु तुम एक याचक के रूप में आए हो, इसलिए निर्भय होकर अपनी बात कहो, क्या चाहते हो?" उसने कहा, "मैं यह लूटा हुआ सब धन आपको समर्पित करने आया हूँ, आप इसका उपयोग धर्म के कार्यों में करें, इतनी प्रार्थना है।" अहिल्याबाई ने गणपतराव मराठा के परिवर्तित हृदय को समझते हुए कहा, "यह धन हमारा नहीं है, इसलिए इस धन का उपयोग हम नहीं करेंगे, तुमने यह धन जहाँ से लूटा है, उसी जामघाट पर एक दरवाजा बनवा दो और हम वहाँ एक चौकी स्थापित कर देंगे।" अहिल्याबाई के शब्द सुनकर गणपतराव की आँखों से अश्रुधारा बहने लगी। उसने कहा, "आपने तो एक पापी को भी पुण्य कमाने का अवसर दे दिया। इस तरह अहिल्याबाई के पुण्य प्रभाव से जामघाट डाकुओं के आतंक से मुक्त हो गया।"

अहिल्याबाई ने अपनी कठोर नीति और सूझबूझ के बल पर चोर-डाकुओं पर काबू पा लिया था। जनता में जो भय व्याप्त हो चुका था, उसे दूर करने में उन्होंने सफलता प्राप्त कर ली थी। आसपास के भील, सोधियों

और मोघियों ने भी लूटमार का कार्य छोड़कर सम्मान से कार्य करना स्वीकार कर लिया था। उन्हें देवी अहिल्याबाई ने भूमि उपलब्ध कराई, जिससे वे अपना जीवन सुखपूर्वक निर्वहन कर सकें। इस तरह से उनको चोर-डाकुओं से अपने क्षेत्र को मुक्त कराने में बड़ी सफलता मिली थी। 18वीं शताब्दी में राजस्थान की वीरभूमि, पवित्र भूमि पर अराजकता, आपसी कलह की स्थिति थी। अधिकांश राजा भोग विलास में लिप्त थे। इन परिस्थितियों का मराठा संघ ने लाभ उठाया, हँसते-हँसते प्राण न्योछावर करने वाले राजपूत इस उभरती हुई मराठा शक्ति का सामना नहीं कर पाए। इस तरह उत्तर भारत में मराठों ने अपनी शक्ति के बल पर मल्हारराव के नेतृत्व में अपना विजय ध्वज फहराकर पेशवा के लिए राजपूताने से धन वसूला था। तभी से राजपूताने से नियमित चौथ वसूलने का कार्य मल्हारराव ही करते आए थे। मल्हारराव होल्कर का राजपूताने में आतंक छाया हुआ था। मल्हारराव से बचने के लिए राजपूत राजा अपने दूत को पूना पेशवा के पास भेजकर अपनी जान बचाने की गुहार लगाते थे। मोटी रकम और चौथ देकर अपनी जान बचाते थे। मल्हारराव होल्कर का राजपूताने के छोटे-छोटे राजा लोहा मानते थे। इसलिए उनके रहते वह मराठों को विधिवत् चौथ देते आए थे।

सन् 1751 में रामपुरा मल्हारराव होल्कर के अधीन हो गया था। उस समय उदयपुर के अधिकार में था और रामपुरा में चंद्रावत राजपूत शासन कर रहे थे। मल्हारराव के अधिकार क्षेत्र में आने से उदयपुर और रामपुर के शासक नाखुश हो गए थे, लेकिन मल्हारराव के सामने आने का साहस वे नहीं जुटा सके। उनके जीवित रहते चंद्रावतों ने बगावत करने का साहस नहीं दिखाया। सन् 1766 में मल्हारराव होल्कर की मृत्यु के पश्चात् चंद्रावतों ने स्वयं को स्वतंत्र करने की योजना बना कर हलचल प्रारंभ कर दी थी।

अहिल्याबाई ने जब शासन की बागडोर अपने हाथ में सँभाली तो चंद्रावतों ने उन्हें एक साधारण महिला जानकर इस बदली हुई परिस्थिति का लाभ उठाने का प्रयास किया। उदयपुर के राणा ने भी चंद्रावतों के सहयोग के

लिए अपनी सेना भेजी दी। चंद्रावतों का स्वतंत्र होने का विश्वास चरम पर था, उनके हौसले बहुत बढ़े हुए थे।

अहिल्याबाई ने राघोबा के संकट का समाधान अपनी राजनैतिक समझ से किया था। चोर-डाकुओं पर भी नियंत्रण पा लिया था। इस समय होल्कर सेना तुकोजीराव के साथ पेशवा के आदेश से उत्तर की मुहिम में व्यस्त थी। चंद्रावतों से युद्ध का उचित समय नहीं है, यह विचार कर अहिल्याबाई ने 31 गाँव देकर उनसे समझौता कर लिया। कुछ समय तक चंद्रावत इस समझौते के कारण शांत रहे।

सन् 1771 में चंद्रावतों ने फिर से बगावत का बिगुल बजा दिया। वे जानते थे कि होल्कर सेनापति तुकोजीराव सेना सहित सुदूर उत्तर भारत में गए हैं। अहिल्याबाई अकेली हैं, उनके पास बहुत कम सेना है। लेकिन अहिल्याबाई को जब उनके विद्रोह की सूचना मिली तो उन्होंने हिम्मत नहीं हारी। युद्ध की सारी तैयारी कर वीर सैनिक शरीफ भाई के नेतृत्व में सेना को मोर्चा लेने भेजा। मंदसौर के पलसूडा गाँव में युद्ध हुआ, जिसमें पहले तो चंद्रावतों की सेना ने बड़ा जोरदार आक्रमण किया, होल्कर सेना को पीछे हटना पड़ा था। लेकिन अहिल्याबाई के कुशल युद्ध संचालन व प्रबल प्रयत्नों के कारण चंद्रावतों को हार का सामना करना पड़ा। इस युद्ध की सफलता का सारा श्रेय अहिल्याबाई की रणनीति और युद्ध कौशल को जाता है। चंद्रावत शांत बैठनेवाले कहाँ थे, सन् 1783 में चंद्रावतों ने पुनः उपद्रव प्रारंभ किया। अहिल्याबाई ने तुरंत सेना भेजकर उन्हें शांत किया। इन विजय के बाद भी अहिल्याबाई ने विद्रोही चंद्रावतों के साथ हमेशा अच्छा व्यवहार किया था। परंतु उनकी इस उदारता व महानता को चंद्रावतों ने उनकी कमजोरी समझा।

सन् 1787 में राजपूतों ने सिंधिया की सेना को हरा दिया और निंबाहेड़ा से होल्करों की सेना को पीछे हटने को मजबूर कर दिया। होल्करों की इस हार से चंद्रावतों का साहस फिर बढ़ गया और उनकी सेना तुरंत राजपूतों से

जा मिली। अब इन दोनों की सम्मिलित सेना ने होल्कर राज्य पर आक्रमण करना प्रारंभ कर दिया था।

अहिल्याबाई ने भी सारी परिस्थितियों का आकलन कर युद्ध का सारा संचालन अपने हाथों में ले लिया। अपने विश्वासपात्र सेनानायकों को आवश्यक आदेश देकर उन्हें सेना सहित मोर्चे पर तुरंत भेजा। युद्ध के सारे कार्य उनके सूक्ष्म निरीक्षण व अनुभवी मार्गदर्शन में होने लगे। सेना की भरती व शस्त्रों का निर्माण भी जोरों से चालू करवाया। प्रतिदिन जितने लोग सेना में भरती होते थे, उन्हें वे तुरंत मोर्चे पर भेज देती थीं। राजपूत और चंद्रावत की सयुंक्त सेना और होल्कर की सेनाओं में घनघोर युद्ध हुआ। इस युद्ध में दोनों ओर के बहुत सैनिक मारे गए। अंत में राजपूत भाग खड़े हुए। इस युद्ध के पश्चात् होल्करों की विजयी सेना ने रामपुरा की ओर बढ़कर उसे जीत लिया। चंद्रावतों ने वहाँ से भागकर आमद के किले में शरण ली। लेकिन इस बार इनकी समस्या को हमेशा के लिए समाप्त करने के निश्चय से होल्कर सेना ने आमद के किले को घेर लिया। अहिल्याबाई के पास 'ज्वाला' नाम की प्रसिद्ध तोप थी। किले पर ज्वाला के गोले विनाश और मृत्यु बनकर बरसने लगे। शत्रुओं में निराशा छा गई। दूसरे दिन चंद्रावतों ने किले के बाहर बारूद बिछाना शुरू किया। आगे बढ़ती होल्कर सेना को बारूद से उड़ा देने की उनकी योजना थी। परंतु दुर्भाग्यवश बारूद बिछाते समय उसमें अचानक चिनगारी गिर गई और एक भीषण धमाके के साथ पचासों राजपूत सैनिकों के जले हुए अंग दूर-दूर जा गिरे। चंद्रावतों का प्रतापी सरदार सौभाग सिंह भी बुरी तरह घायल हो गया।

इसी समय देवी के आदेश से होल्कर सेना ने जोरदार आक्रमण किया। राजपूतों में भगदड़ मच गई। सौभाग सिंह पकड़ लिया गया। दूसरा सरदार भवानी सिंह भाग निकला। अहिल्याबाई की आज्ञा से सौभाग सिंह को तोप के मुँह से बाँधकर उड़ा दिया गया। सारे विद्रोही शरण में आ गए। इस प्रकार सारा विद्रोह अहिल्याबाई ने कठोरता से सदा-सदा के लिए दबा दिया। रामपुरा

का पूरा प्रबंध कर विजयी अहिल्याबाई महेश्वर लौट आईं। करीब 63 वर्ष की वयोवृद्ध अहिल्याबाई ने महेश्वर से रामपुरा तक की लंबी यात्रा कर यह प्रसिद्ध युद्ध जीत लिया था।

इस विजय के समाचार पूना पहुँचे तो वहाँ आनंद की लहर दौड़ गई। नाना फडणवीस ने विजयोत्सव मनाया। अहिल्याबाई के सम्मान में तोपें दागी गईं। पेशवा के दरबार में उनका यशोगान करते हुए नाना ने कहा—"अभी तक अहिल्याबाई के पूजा-पाठ व धर्म-कर्म की बात सुनते आ रहे थे, पर आज उनकी शूरवीरता का भी पता लग गया। आज हम समझ गए कि पूना का पुण्य द्वार नर्मदा तट पर बसा महेश्वर है!"

तीन बार रामपुरा के चंद्रावतों ने विद्रोह किया था। तीनों बार सेनापति तुकोजीराव होल्कर सेना सहित राज्य से दूर थे। अहिल्याबाई ने तीनों बार अपनी सूझबूझ व वीरता से शत्रु को परास्त किया था। इससे उनकी कीर्ति दूर-दूर तक फैल गई। उनकी नीतिज्ञता, कुशल नेतृत्व, युद्ध संचालन व असाधारण योग्यता का गुणगान सर्वत्र होने लगा था।

अहिल्याबाई ने भानपुरा-रामपुरा के युद्ध में स्वयं सैनिक वेश में पहुँचकर राजपूतों को पीछे हटने को विवश कर दिया था। यह उनकी युद्ध नीति कौशल, सैनिक कौशल और उनकी शत्रु को समझकर उनसे व्यवहार की समझ को दर्शाता है। उन्होंने मराठा साम्राज्य पर अंग्रेजों के खतरे को बहुत पहले ही भाँप लिया था। यह बात अहिल्याबाई द्वारा सन् 1772 में पेशवा को लिखे एक पत्र में अंग्रेजों से सावधान रहने को कहा गया था। उन्होंने लिखा था—"शेर को साहस और आक्रमकता से मारा जाता है, लेकिन चतुर रीछ को मारना बहुत मुश्किल होता है, क्योंकि एक बार उसके कब्जे में आने पर उसे मारना बहुत मुश्किल होता है, ऐसा ही कुछ हाल अंग्रेजों का भी है।"

देवी अहिल्याबाई अंग्रेजों और विदेशी ताकतों की विरोधी थीं, लेकिन वह अंग्रेजों की सेना की तरह अपनी सेना को आधुनिक बनाने की पक्षधर

थीं। उन्होंने पिछले युद्धों में अनुभव किया था कि उनके सैनिकों को भी अधिक प्रशिक्षित, अनुशासित, नियमित एवं संगठित करना चाहिए तथा उन्होंने तुकोजीराव होल्कर से विचार-विमर्श करके सन् 1791-92 में ड्यूडर नेक नामक एक फ्रांसीसी अधिकारी को होल्कर दरबार की सैनिक सेवा में रखा था। अहिल्याबाई ने उसके माध्यम से अपनी सेना की 4 बटालियन गठित करवाकर यूरोपीय ढंग से उन्हें प्रशिक्षित किया था। उसके द्वारा प्रशिक्षित 2000 सैनिकों का तुकोजीराव ने युद्ध में भी उपयोग किया था। आगे चलकर डयूडर नेक की प्रशिक्षित पलटन के सैनिकों के आसपास पहरा रहने लगा था। उन प्रशिक्षितों के विश्वस्त एवं स्वामिभक्त होने में किसी को अब कोई संदेह नहीं रहा था।

अहिल्याबाई ने अपना शासन कुशलतापूर्वक चलाया था। प्रशासन चलाने की बारीकियाँ उन्होंने ससुर मल्हारराव होल्कर से सीखी थीं। मल्हारराव होल्कर ने अन्य राज्यों से संबंध बनाने हेतु पत्र व्यवहार कैसे करना, पत्राचार करते समय भाषा शैली, उसका प्रभाव, आए हुए पत्रों का वाचन करना, उसके भाव को समझकर पत्रों के जवाब तैयार करना, कहाँ हस्ताक्षर करना, कहाँ राजमुहर लगाना जैसी छोटी-छोटी बातें अहिल्याबाई को सिखाई थीं।

जनता की समस्या सुनना, उन्हें समझकर उनका समाधान खोजना और जनता के हित में निर्णय देना। अधिक उलझे हुए मामलों में दोनों पक्षों को सुनकर तथ्यों के आधार पर मंत्रिपरिषद् की सलाह लेकर शांति और जागरूकतापूर्वक निष्पक्ष न्याय करना, गरीब प्रजा एवं किसानों की समस्याओं को समझकर यथोचित बहुजन हिताय निर्णय लेना, अपने विरोधियों से भी मृदुवाणी में बात करते हुए घनिष्ठता स्थापित करके अपना पक्ष रखना अब उनका स्वभाव बन गया था।

अपने स्वयं के विषय में वे अत्यंत कठोर थीं, व्यक्तिगत खर्चों के मामले में भी पूर्ण अनुशासित और ईमानदार थीं। अपने स्वयं के खर्चों के लिए वह राजकोष से धन नहीं लेती थीं। व्यक्तिगत उपहारों को देवी पसंद नहीं करती

थीं एवं दरबारियों द्वारा उनके मामलों के लिए किए गए किसी भी खर्च को वे विधिवत् वापस करती थीं। एक बार बीजागढ़ के एक कामविसदार पांडुरंग नारायण ने देवी को ओंकारेश्वर तीर्थयात्रा के दौरान खरीदी गई कुछ वस्तुओं का भुगतान किया था। राजधानी लौटने पर देवी ने उन्हें एक पत्र के माध्यम से अपने कोषाध्यक्ष को निर्देश दिया था कि खर्च की गई राशि 58 रुपए तुरंत पांडुरंग को भुगतान की जाए। इससे पता चलता है कि देवी उनके नाम पर किए गए छोटे-छोटे खर्चों को भी लौटाने पर कितना ध्यान देती थीं।

17वीं शताब्दी में छत्रपति शिवाजी महाराज ने अपने राज्य को चलाने हेतु अष्टप्रधान परिषद् बनाई थी। उसी प्रकार अहिल्याबाई ने अपने शासन तंत्र को चलाने के लिए विभिन्न अधिकारियों को नियुक्त किया था। जो उनके राजदरबार के प्रमुख अधिकारी होते थे। दरबार में दीवान (महामंत्री), फडणवीस (कोष, राजस्व प्रभारी), मजूमदार (लेखापाल), चितनविस (राजनैतिक अधिकारी), पोतानविस (आय-व्यय अधिकारी), दफ्तर सूबेदार (फडणवीस का सहायक), सेनापति, सेनानायक, फौजदार, राजपुरोहित, राजवैद्य, कामविसदार (सूबों के प्रभारी), कानूनगो (परगने के अधिकारी), जागीरदार, जमींदार, कोतवाल (थाना प्रभारी), साहूकार, कुँवर व नगर के प्रतिष्ठित वरिष्ठ आदि होते थे। राजदरबार बुलाने पर ये उपस्थित होकर अपने-अपने पदों के अनुसार नियत स्थानों पर बैठते थे। प्रजाहित में विचार-विमर्श करके निर्णय लेते थे।

जब चारों ओर त्राहि-त्राहि मची हुई थी, अंग्रेज अपने शासन को पूरे भारत में फैलाने हेतु लालायित थे, प्रजाजन, साधारण गृहस्थ, किसान, मजदूर, अत्यंत हीन अवस्था में सिसक रहे थे, ऐसी विकट परिस्थितियों में देवी अहिल्याबाई ने जिस प्रकार सफलतापूर्वक शासन को चलाया, वह चिरस्मरणीय है। इससे पूर्व देवी अहिल्याबाई जैसा व्यक्तित्व जनता ने अपनी आँखों से पहले कभी देखा नहीं था। इसी कारण उनके राज्य में साहित्य, संगीत, कला, उद्योग, कर क्षेत्र में विकास हुआ। इसलिए इतिहासकार स्टीवर्ड

गॉर्डन लिखते हैं—"अहिल्याबाई का शासन 18वीं सदी का सबसे मजबूत एवं टिकाऊ शासन था।" अहिल्याबाई का शासन उस समय का सुशासन था। सन् 1767 में उन्होंने शासन की संपूर्ण बागडोर अपने हाथ में ली थी और सन् 1795 में मृत्यु तक उसे सफलता पूर्वक निभाया। अगले 28 वर्षों तक देवी अहिल्याबाई ने न्यायोचित, बुद्धिमत्तापूर्ण और ज्ञानपूर्वक तरीके से मालवा पर शासन किया। उनके पूरे शासन में मालवा में शांति, समृद्धि और स्थिरता बनी रही। साथ-ही-साथ उनकी राजधानी महेश्वर साहित्य, संगीत, कला और औद्योगिक गतिविधियों के क्षेत्र में परिवर्तित हो गई। उन्होंने एक आदर्श शासक कैसा होना चाहिए, यह अपने कृतित्व से करके दिखाया। उनके शासन को आज 300 वर्ष पश्चात् भी गौरव से याद किया जाता है।

□

विश्वासपात्र सहयोगी

अहिल्याबाई ने 28 वर्षों तक निर्विवाद मालवा राज्य को सूत्रबद्ध रखते हुए कुशलतापूर्वक शासन किया था। उनके शासन में प्रजा सुखी-समृद्ध थी। अपनी खासगी जागीर के कोष से अनेक धार्मिक, लोक कल्याण और पुण्य कार्य किए थे, प्रजा में आपसी सौहार्द बनाए रखने के लिए अनेक परोपकारी कार्य किए। दूसरी ओर राज्य के कोष से सेना और राज्य प्रबंधन के कार्य किए थे। उनके इतने लंबे शासन में पूर्ण शांति रही, प्रजा में कभी कोई असंतोष नहीं पनपा, न कभी प्रजा ने कोई विद्रोह किया। इस विशाल राज्य को बिना विश्वासपात्र लोगों के चला पाना उनके लिए संभव नहीं था। उनके राज्य प्रबंधन में अनेक लोग उनके विश्वासपात्र सहयोगी के रूप में रहे। जिनके सहयोग से ही वे इतने बड़े मालवा राज्य के संचालन के साथ अपने विचार के अनुकूल एक आदर्श राज्य शासन व्यवस्था खड़ी करने में सफल रही थीं।

अहिल्याबाई के विवाह के पश्चात् उनके दोनों भाई शाहजी शिंदे और तुकोजी शिंदे इंदौर में आकर सूबेदार मल्हारराव होल्कर की चाकरी करने लगे थे। दोनों भाई अहिल्याबाई के विश्वासपात्र बनकर जीवन भर उनके आदेश का पालन करते रहे, लेकिन अंतिम समय वे दोनों विश्वस्त भाई उनके साथ नहीं थे। उसके पास राज्य, संपत्ति, धन, धान्य किसी भी वस्तु का अभाव नहीं था, किंतु ईश्वर को उनका यह सुख भी देखा न गया। सन् 1784 में उनके एक भाई शाहजी शिंदे और चार वर्ष बाद सन् 1788 में दूसरे भाई तुकाराम शिंदे का स्वर्गवास हो गया। अपने आत्मीय जनों को खोकर भी किसी तरह

मुस्कान सहेजे हुए उनके अधरों पर कराल काल ने दर्दनाक पीड़ा की गहरी छाप अंकित कर दी।

अहिल्याबाई ने सामाजिक और शासन के जो कार्य संपन्न किए, उसमें सहयोग करनेवाले अनेक उनके विश्वासपात्र सहयोगी रहे थे। लेकिन सभी के व्यक्तित्व का उल्लेख कर पाना यहाँ संभव नहीं, किंतु दो लोगों का उल्लेख करना आवश्यक है। उनमें एक थे तुकोजीराव होल्कर और दूसरे थे भारमल होल्कर। इन दोनों के बिना अहिल्याबाई के लिए इतनी सफलता अर्जित कर पाना बड़ा कठिन होता।

मल्हारराव होल्कर मृत्यु के अंतिम समय अपने होल्कर राज्य को लेकर बड़े चिंतित हुए थे। तब तुकोजीराव ने उनको आश्वस्त किया था कि आप निश्चिंत होकर जाएँ, आपके पश्चात् मालेराव को आपका उत्तराधिकारी बनाकर हम राज्य का संचालन करेंगे। उन्होंने आगे यह भी कहा था, "अगर किसी ने होल्कर राज्य की तरफ आँख उठाकर देखा तो मालवा राज्य का एक-एक योद्धा अपनी जान लगा देगा। और अहिल्याबाई आज से हमारी माँ साहिबा हैं, उनके संरक्षण में ही मालवा राज्य आगे बढ़ेगा।" तुकोजीराव ने उस दिन जो संकल्प लिया, उसे मृत्यु तक निभाया।

मल्हारराव होल्कर शाहू महाराज के प्रमुख सेनानायकों में से एक थे। उन्होंने मराठा संघ के लिए जीवनपर्यंत युद्ध लड़े और मराठा संघ को मजबूत करने के साथ ही एक सशक्त मालवा राज्य की नींव तैयार की थी। उनके विषय में विस्तृत रूप से हम पिछले अध्याय में पढ़ चुके हैं। उनके साथ युद्धों में कंधे-से-कंधा मिलाकर चलनेवाले योद्धाओं में प्रमुख रूप से तुकोजीराव होल्कर भी एक थे।

मल्हारराव के स्वर्गवास के पश्चात् अहिल्याबाई को संरक्षक और मालेराव को मल्हारराव के उत्तराधिकारी के रूप में राजसिंहासन पर बैठाया गया। एक वर्ष में ही मालेराव की असामयिक मृत्यु से रिक्त सिंहासन पर

अहिल्याबाई को बैठाया गया था। वैसे तो मालेराव होल्कर के स्वर्गवास के पश्चात् पेशवा ने तुकोजीराव को मालवा की सनद देकर उन्हें सूबेदार बनाया था, लेकिन तुकोजीराव ने एक सेवक की भाँति अहिल्याबाई को माता मानकर उन्हीं के नेतृत्व में राज्य के समस्त आदेश का सतत पालन किया। एक तरफ से राजधानी में अहिल्याबाई होल्कर तो दूसरी ओर सैनिक अभियानों में सेनापति के रूप में युद्ध अभियानों का संचालन तुकोजीराव होल्कर ने किया। राज्य के कोष पर अहिल्याबाई का पूर्ण नियंत्रण था और सेना अभियान के लिए तुकोजीराव के कहने पर वे समय-समय पर धन उपलब्ध कराती थीं।

तुकोजीराव होल्कर प्रारंभ में मराठा अभियानों में महादजी के साथ सहयोगी की तरह रहे थे। जब तक तुकोजीराव उनके साथ थे, उनकी स्थिति मजबूत रही। पेशवा माधवराव के आदेश पर महादजी ने बड़गाँव तथा तालेगाँव के मध्य ब्रिटिश सेना से युद्ध में मराठों की विजय में तुकोजीराव की महत्त्वपूर्ण भूमिका रही थी। परंतु आगे चलकर अपनी महत्त्वाकांक्षाओं के चलते वे सन् 1780 में महादजी से अलग हो गए। तुकोजीराव जब तक महादजी के साथ रहे तब तक अहिल्याबाई और तुकोजीराव के बीच भी कुछ विषयों में मतभेद रहा था। उसका प्रमुख कारण महादजी सिंधिया थे, क्योंकि वही दोनों के बीच मतभेद पैदा करने का प्रयास करते रहते थे।

सन् 1787 में लालसोट के युद्ध में नाना फडणवीस ने पुणे से तुकोजीराव होल्कर और अली बहादुर को उनकी सहायता के लिए भेजा था। परंतु तुकोजीराव और महादजी के बीच इस बात को लेकर विवाद हो गया कि विजित क्षेत्रों, प्रांतों में उनका सहभाग हो। महादजी का कहना था कि पहले वे युद्ध के लिए धन उपलब्ध कराएँ, लेकिन तुकोजी इस बात पर अड़े थे, "आप पहले अहिल्या माँ साहेब से लिया हुआ कर्ज चुकाइए।"

तुकोजीराव एक वीर सैनिक थे। वृद्धावस्था होने पर भी सन् 1792 में निजाम के विरुद्ध खरडा के युद्ध में सैनिक वेश में सहभाग किया था। तुकोजीराव अहिल्याबाई से आयु में बड़े थे, फिर भी वे अहिल्याबाई को माता

कहकर ही संबोधित करते थे। उनकी राज्य के प्रति समर्पण की कैसी भावना थी, यह संकेत इस बात से मिलता है, जब कहीं उन्हें हस्ताक्षर करने होते थे तो वह 'खंडोजी सुत तुकोजी होल्कर' अंकित करते थे। देवी अहिल्याबाई के महाप्रयाण के पश्चात् सन् 1795 में मालवा के राजसिंहासन पर विराजमान होकर राज्य का संचालन किया। राज्य की बागडोर सँभालने के पश्चात् वे अधिक समय जीवित न रह सके। उनका अंतिम समय पुणे में व्यतीत हुआ। 15 अगस्त, 1797 को उस वीर सेनानायक, सूबेदार तुकोजीराव का पुणे में स्वर्गवास हो गया।

सैन्य अभियान में तुकोजीराव होल्कर ने अपनी महत्त्वपूर्ण भूमिका निभाई थी तो दूसरी ओर अहिल्याबाई के दान, पुण्य, धर्म-कर्म, पारिवारिक विषय और विभिन्न राज्यों से पत्राचार जैसे विषयों में राजधानी महेश्वर में उनके साथ भारमल होल्कर ने उनके सहयोगी की भूमिका निभाई थी। इसलिए अहिल्याबाई के विश्वासपात्र लोगों में दूसरा प्रमुख नाम भारमल होल्कर का आता है।

मल्हारराव होल्कर की उपपत्नी हरकुँवर बाई से 15 जून, 1710 को उनका जन्म हुआ था। भारमल दादा का कुटुंब राजवाड़े में कार्य करता रहा था। अहिल्याबाई के निजी कार्य को प्रमुखता से भारमल दादा ही देखते थे। देवी अहिल्याबाई ने जब राजकार्य का संचालन प्रारंभ किया तब भारमल दादा राज्य के प्रमुख लोगों में पहचाने जाने लगे थे। अहिल्याबाई के समय भारमल दादा का राजवाड़े में महत्त्व अत्यधिक बढ़ गया था। भारमल दादा होल्कर परिवार के पारिवारिक विवादों का समझदारी और आपसी सामंजस्य से समाधान करते रहते थे। अपनी कार्यकुशलता, चतुराई और व्यवहार से वे अनेक राजाओं और राजदरबारों के बीच भी प्रसिद्धि पा चुके थे। भारमल दादा अहिल्याबाई को भगवान् का अवतार मानते थे। अहिल्याबाई उनसे आयु में छोटी थीं, फिर भी वे उन्हें आई (माँ) कहकर ही संबोधित करते थे।

अहिल्याबाई ने अपने राज्य में खासगी जागीर से जो परोपकारी कार्य

किए थे, उनमें प्रमुख सलाहकार की भूमिका भारमल दादा ने निभाई थी। भारमल दादा को उस समय की तात्कालिक धार्मिक, सामाजिक, राजनीतिक एवं सभी धर्मों की सूक्ष्म जानकारी थी। होल्कर राजपरिवार के निकट संबंधियों की शिक्षा, स्वास्थ्य आदि की चिंता वही करते थे। सूबेदार तुकोजीराव एवं उनका कुटुंब भी भारमल दादा के साथ बहुत मान-सम्मान का व्यवहार करता था। तुकोजीराव भी भारमल को श्रद्धा के साथ 'दादा' कहकर पुकारते थे। अहिल्याबाई जब तक जीवित रहीं तब तक भारमल दादा उनके साथ साए की तरह रहे थे। अहिल्याबाई के स्वर्गवास के पश्चात् खासगी जागीर से होनेवाले समस्त परोपकार, पूजा-अर्चना जैसे धार्मिक आदि कार्य ठीक उसी पद्धति से संपन्न कराने की जवाबदारी का वहन भारमल दादा ने ही किया था। अहिल्याबाई के जाने के पश्चात् भी उनके ये कार्य नियमित चलते रहे, इसका श्रेय भारमल दादा को ही जाता है।

अहिल्याबाई की मृत्यु के पश्चात् अंग्रेज सहायक गवर्नर सर जॉन मैल्कम का महेश्वर में आना हुआ था। उन्होंने देवी के विषय में अत्यंत महत्त्वपूर्ण जानकारी को संगृहीत कर अपनी पुस्तक 'मेमोरीज ऑफ सेंट्रल इंडिया' लिखी है। इस पुस्तक में वे भारमल दादा की प्रशंसा करते हुए लिखते हैं—"यदि भारमल नहीं होते तो देवी के जाज्वल्य एवं प्रजा के सुख के लिए समर्पित एक देवी के अवतार के विषय में संपूर्ण विश्व अनजान ही रह जाता।"

□

धर्म एवं संस्कृति की संरक्षक

भारत देश ने लगभग दो हजार वर्षों तक अनेक आक्रमणों को झेला, इन आक्रमणों में शक, हूण, कुषाण, यवन आदि थे, जो भारत की समृद्धि को देखकर भारत को लूटने के लिए आए थे, लेकिन इन आक्रमणों के पश्चात् इस्लाम का आक्रमण बर्बरता और क्रूरता से भरा हुआ था। इस्लामिक आक्रांताओं ने भारत को केवल लूटा ही नहीं, बल्कि भारत के सनातन सांस्कृतिक प्रवाह को भी अवरुद्ध करने का प्रयास किया। भारत के स्थापित आध्यात्मिक मानबिंदुओं और सनातन व्यवस्थाओं को नष्ट-भ्रष्ट करने का भरपूर प्रयास किया। मुगलों ने भारत में अपनी सत्ता स्थापित करने के पश्चात् लोक कल्याण के स्थान पर धर्मांध, विवेकहीन और विलासितापूर्ण जीवन के आधार पर ही शासन का संचालन किया था। आम जनता के प्रति उनकी निष्क्रियता के कारण जनता दरिद्र और दयनीय जीवन जीने को मजबूर हो गई थी।

महाराष्ट्र में इन विपरीत परिस्थितियों में अपने 'स्व' के आधार पर 'हिंदवी स्वराज' को पुनर्प्रतिष्ठित करने का शिवाजी महाराज ने कार्य किया। उसी को आधार में रखकर अहिल्याबाई ने धार्मिक, सांस्कृतिक मूल्यों और भारत के मानबिंदुओं को पुनर्स्थापित करने की प्रक्रिया प्रारंभ की थी। अहिल्याबाई ने केवल इसे मालवा तक ही सीमित न रखकर संपूर्ण भारत को अपना कर्मक्षेत्र बनाया। उन्होंने वास्तव में भारत के सांस्कृतिक पुनरुद्धार और भारत को आध्यात्मिक रूप से एक सूत्र में पिरोने का एक अनोखा कार्य किया

था। उनके द्वारा किए गए जीर्णोद्धार, मंदिर निर्माण, घाट निर्माण, कुएँ, बावड़ी और धर्मशालाओं का निर्माण आदि इतने उच्च कोटि के थे। वे आज लगभग 300 वर्ष बीतने पर भी उस दौर की स्मृतियों को जीवंत बनाते देखे जा सकते हैं। पूरब, पश्चिम, उत्तर और दक्षिण चहुँओर अपने धार्मिक और सांस्कृतिक कार्यों के बल पर उन्होंने उस कालखंड के सभी राजा-महाराजाओं के बीच प्रतिष्ठा प्राप्त की थी। इस तरह से अहिल्याबाई राजा-महाराजाओं में सम्मानित और प्रतिष्ठित थीं तो दूसरी ओर जनता के हृदय में देवी के रूप में विराजित थीं। संपूर्ण भारत में उनकी इस मान्यता के आधार पर हम कह सकते हैं कि यह भारत पर उनकी आध्यात्मिक विजय थी।

अहिल्याबाई को यह धार्मिक संस्कार बचपन में उनके परिवार में माता-पिता से प्राप्त हुए थे। बचपन से ही उन्होंने अपना आराध्य भगवान् शिव को माना था। साथ ही मानवीय मूल्यों के तहत वे सदा गरीबों और असहायों के प्रति अपनत्व का भाव रखते हुए उनकी सेवा में सदा तत्पर रहती थीं। इन्हीं गुणों के कारण मल्हारराव ने अपने पुत्र के लिए अहिल्याबाई का चयन किया था। विवाह पश्चात् अहिल्याबाई के इंदौर आने पर उनकी शिव भक्ति और ईश्वर के प्रति लगन में कोई कमी नहीं आई, बल्कि वह उत्तरोत्तर बढ़ती ही चली गई। उनकी इस ईश्वर भक्ति और लगन को देखकर सास गौतमाबाई ने उन्हें सराहा एवं ससुर मल्हारराव ने उन्हें प्रोत्साहित किया था।

मल्हारराव होल्कर के कहने पर अहिल्याबाई भारत के अनेक तीर्थ स्थलों के दर्शन और तीर्थयात्राएँ कर चुकी थीं। इन यात्राओं में उन्होंने भारत के तीर्थ स्थलों की दयनीय स्थिति और वहाँ की दुर्व्यवस्थाओं का बहुत ही नजदीक से साक्षात्कार किया था। इस दुर्व्यवस्था को देखकर वे अत्यंत पीड़ित हो गई थीं, उनके मन में यह दृश्य बदलने का स्वाभाविक विचार आने लगा था। उन्होंने अपने मन में उठ रहे विचारों के संबंध में ससुर मल्हारराव होल्कर से चर्चा और विमर्श किया था। गौतमाबाई से भी इन धार्मिक मानबिंदुओं का जीर्णोद्धार करने के विषय में राजकोष से मदद प्राप्त करने की बात कही थी। गौतमाबाई ने अहिल्याबाई के विचारों से सहमत होकर पेशवा द्वारा होल्कर

राज्य की महिलाओं को प्राप्त खासगी जागीर का उल्लेख करते हुए कहा, "हमको किसी और के सामने हाथ फैलाने की जरूरत नहीं है। हम ये पुण्य के कार्य अपनी खासगी जागीर से कर सकते हैं, तुमको इन धार्मिक और पुण्य के कार्यों को करने की मैं छूट देती हूँ।"

अहिल्याबाई के मन में संपूर्ण भारत और भारत का सनातन चिंतन समाया हुआ था। वे एक दूरदर्शी रानी थीं और भविष्य का भारत कैसा होगा? आनेवाली पीढ़ी के मन में भारत के सांस्कृतिक मूल्य और गौरव कैसे पुनर्प्रतिष्ठित होंगे? यह चिंतन सतत बना रहता था। केवल यह चिंतन ही नहीं था, बल्कि उनके प्रत्येक कार्य में यह चिंतन सतत झलकता था। उनका व्यक्तित्व और कृतित्व केवल शब्दों में ही नहीं, बल्कि उनके अपने आचरण और व्यवहार में भी समाया हुआ था।

अहिल्याबाई यह जानती थीं कि मनुष्य धर्म, अर्थ, काम और मोक्ष की भावना लेकर कार्य करता है। प्रत्येक मनुष्य में अपने कार्य में लौकिक और पारलौकिक कल्याण की बात समाई हुई रहती है। इसलिए धर्म और अधर्म के आधार पर वह अपना दैनिक आचरण करने को प्रवृत्त होता है। धर्म के लिए कार्य करने से ही उसे सुख की अनुभूति होती है इसके विपरीत धर्म विरुद्ध आचरण करने से उसका पतन होता है। इसी तरह मनुष्य के नैतिक पतन के कारण ही मनुष्य का नाश हो जाता हैं। इसलिए मनुष्य को उच्च आदर्शवान बनाना है तो उसे धर्म के अनुकूल आचरण के लिए प्रेरित करना होगा। अहिल्याबाई भी इसलिए प्रतिदिन धर्मशास्त्रों का श्रवण और उस पर चिंतन करती रहती थीं। वे यह भी देखती थीं कि उनका आचरण धर्मशास्त्रों के अनुकूल है या नहीं। इसी आधार पर उन्होंने जीवनचर्या को बनाया और जीवन जिया था।

अहिल्याबाई का आचरण सदा धर्माचरण रहा था। जो उनके प्रतिदिन के व्यक्तिगत जीवन में परिलक्षित होता था। वे बचपन से ही शैव मत का पालन करती आई थीं, परंतु वे सभी मतों का सम्मान करती थीं। अपने आवास में

उन्होंने अपनी व्यक्तिगत उपासना के लिए एक साधना स्थल स्थापित कर उसमें भगवान् शिव को प्रतिष्ठित किया था। वे प्रतिदिन शिवस्वरूप भगवान् राज राजेश्वर के मंदिर में प्रातःस्नान के बाद दर्शन व पूजन-अर्चन किया करती थीं। उसके पश्चात् ब्राह्मणों और गरीबों को भोजन कराती थीं। देवी ने अपने निवास पर एक तुलसी को स्थापित किया था। उस तुलसी को वे प्रतिदिन ऐसे स्थान से जल अर्पण करती थीं, जहाँ से उन्हें जल अर्पित करते हुए सीधे माँ नर्मदा के दर्शन होते थे। अहिल्याबाई ने महेश्वर के किले में एक दुर्लभ बिल्व के पेड़ को लगाया था, जो नौ पत्तियोंवाला था। बिल्व पत्र वे प्रतिदिन अपने आराध्य शिव को अर्पण करती थीं। वह तुलसी क्यारा और बिल्व का पेड़ आज भी महेश्वर स्थित आवास पर उनके प्रतिदिन के धर्माचरण का आभास कराता देखा जा सकता है। धर्मशास्त्रों को विद्वान् ब्राह्मण से सुनना उनकी दैनिक दिनचर्या का हिस्सा था।

जब से अहिल्याबाई इंदौर आई थीं, वे प्रतिदिन अपने आराध्य भगवान् शिव के दर्शन के लिए इंदौर के आसपास स्थापित शिव मंदिर में दर्शन करने जाती थीं। वे दरबार में आनेवाले लोगों से आसपास के मंदिरों की जानकारी लेती रहती थीं। उन्हीं जानकारियों में इंदौर के नजदीक देवगुराडिया के शिव मंदिर की जानकारी उन्हें मिली थी। फिर वे अक्सर पालकी से उस शिव मंदिर में दर्शन के लिए जाया करती थीं। आज भी वहाँ श्री गुटकेश्वर महादेव मंदिर है, जिससे उन्होंने अपने धार्मिक जीर्णोद्धार और नवनिर्माण के कार्यों का प्रारंभ किया था। अपने आराध्य शिव के दर्शन और मंदिरों का जीर्णोद्धार एवं नवनिर्माण का कार्य प्रारंभ हुआ तो फिर वह अनवरत चलता ही रहा। इंदौर, महेश्वर सहित उन्होंने भारत के विभिन्न भागों में स्थित बारह ज्योतिर्लिंगों का जीर्णोद्धार तथा गंगाजल की काँवड़ पहुँचाने की व्यवस्था अपनी खासगी जागीर से की थी। गुजरात, आंध्र प्रदेश, मध्य प्रदेश, बिहार, महाराष्ट्र, तमिलनाडु, उत्तर प्रदेश और हिमालय सहित बारह ज्योतिर्लिंगों में आवश्यकता के अनुरूप निर्माण भी देवी अहिल्याबाई ने खासगी जागीर से कराने की स्थायी व्यवस्था की थी।

उनकी शिव भक्ति का जीवंत प्रमाण यह है कि मालवा की महारानी बनने के बाद होल्कर राज्य संचालन के सूत्र जब उनके हाथ में आए, तो उन्होंने अपने राज्य को शिवार्पित करके राज्य के खजाने पर तुलसी दल रखकर उस खजाने को भगवान् शिव को समर्पित कर दिया। होल्कर राज्य भगवान् शंकर को समर्पित करने के कारण ही अहिल्याबाई राजकीय आज्ञा-पत्रों पर स्वयं के हस्ताक्षर करने के स्थान पर 'श्री शंकर' लिखने लगी थीं, क्योंकि वे स्वयं को निमित्त मात्र मानती थीं। अहिल्याबाई ने महेश्वर नगरी को अपनी राजधानी बनाने के साथ ही वहाँ एक विशाल मंदिर निर्माण कर चौबीसों घंटे पूजा-पाठ, हवन-कीर्तन तथा वेद-पुराणों का पाठ अखंड रूप से प्रारंभ किया था। अहिल्याबाई प्रतिदिन नित्य शिवलिंगार्चन किया करती थीं, जहाँ वे नर्मदा किनारे की पवित्र मिट्टी से ब्राह्मणों द्वारा प्रतिदिन लाखों की संख्या में पार्थिव शिवलिंग बनवाकर विधिवत् पूजन कर नर्मदा में विसर्जन करवाती थीं। उन्होंने महेश्वर को ही चार धाम बनाने का विचार रखकर वहाँ चार धाम मंदिर का भी निर्माण और कालेश्वर, जालेश्वर आदि मंदिर का जीर्णोद्धार कराया था।

होल्कर राज्य की राजधानी महेश्वर बनने से महेश्वर में देश-विदेश के राजाओं के राजदूत नियुक्त हुए। साथ ही अनेक राजा-महाराजाओं और राजदूतों का समय-समय पर अहिल्याबाई के दरबार में अतिथि के रूप में पदार्पण होता रहता था। इन राज्य अतिथियों के कारण संपूर्ण भारत में अहिल्याबाई के दान-पुण्य और धार्मिक कार्यों के चर्चे सर्वत्र फैल गए। अहिल्याबाई की कीर्ति के साथ-साथ महेश्वर नगर का नाम भी उनके साथ हमेशा के लिए जुड़ गया। अहिल्याबाई के शासन में महेश्वर को पुनः अपना खोया प्राचीन गौरव प्राप्त हो गया था।

देवी अहिल्याबाई के द्वारा संपूर्ण भारत देश के प्रमुख तीर्थ स्थलों के साथ-साथ अनेक धार्मिक और ऐतिहासिक स्थलों पर लगभग 3175 मंदिरों का जीर्णोद्धार कराया गया था। धर्मशालाओं और कुएँ-बावड़ियों, तालाबों का निर्माण कराया गया था। राहगीरों के लिए सड़क मार्ग बनवाए और सड़क

किनारे छायादार वृक्ष लगवाए थे। तीर्थों पर तीर्थ यात्रियों और गरीब, दीन-दु:खियों के भोजन के लिए अन्न क्षेत्र चलाए थे। प्यासों के लिए गरमी के दिनों में अहिल्याबाई अलग-अलग जगहों पर प्याऊ खुलवाती थीं। मंदिर में पूजा-पाठ के लिए उन्होंने विद्वान् ब्राह्मणों की नियुक्तियाँ की थीं। मुगल आक्रांताओं द्वारा खंडित किए गए अनेक मंदिरों का जीर्णोद्धार उनके द्वारा कराया गया था। जिस प्रकार आदिगुरु शंकराचार्य ने वैदिक धर्म के होते हास्य से सनातन संस्कृति को बचाया था, सनातन हिंदू धर्म का पुनर्जागरण किया था। संपूर्ण भारत में वैदिक धर्म का प्रचार-प्रसार कर धर्म संस्कृति की पताका को फहराया था। उसी तरह देवी अहिल्याबाई ने देश भर में पुण्यमय, रचनात्मक कार्य करके पुनः भारत की सांस्कृतिक एकता, अखंडता को सूत्रबद्ध कर धार्मिक जागरण के कार्य में महत्त्वपूर्ण भूमिका निभाई थी।

समाज में आत्मीयता, समरसता और आपसी सद्‌भाव बढ़ाने के लिए अहिल्याबाई ने अपने राज्य में उत्सवों को मनाने की परंपरा को अत्यधिक महत्त्व दिया था। उनकी राजधानी महेश्वर नगरी में प्रत्येक वर्ष के श्रावण मास में सदैव धार्मिक आयोजनों की धूम रहती ही थी। इन धार्मिक आयोजनों का खर्च और दान-पुण्य वह अपनी खासगी जागीर की आय से किया करती थी। ये सभी आयोजन स्वयं देवी अहिल्याबाई की देखरेख में संपन्न होते थे। सन् 1781 में पेशवा के महेश्वर में स्थित वकील विट्‌ठल शामराज ने पेशवा को पत्र लिखकर इसका वर्णन किया था—"यहाँ सावन मास की बहुत धूम है, प्रतिदिन ढाई-तीन हजार ब्राह्मणों का भोजन हो रहा है, तीन सौ ब्राह्मण अनुष्ठान, सौ ब्राह्मण शिव कवच पाठ, डेढ़ सौ ब्राह्मण शिव स्मरण, सौ ब्राह्मण सूर्य नमस्कार व अन्य सैकड़ों दूसरे धार्मिक कार्यों में लगाए गए हैं। इन सारे ब्राह्मणों को भोजन, दक्षिणा आदि के अतिरिक्त अन्य दान धर्म भी बहुत हो रहा है।"

इसी प्रकार महेश्वर में होलिका दहन और गणगौर उत्सव परंपरागत उत्साह से मनाए जाने लगे थे। चैत्र माह का प्रथम दिवस चैत्र प्रतिपदा हिंदू

नववर्ष का आरंभ भी धूमधाम से मनाया जाता था। इस दिन प्रात: से ही ताँबे के लोटे पर साड़ी लपेटकर गुड़ी बनाई जाती थी, घर के बाहर उसे लगाकर उसकी पूजा करने एवं पूरणपोली का भोग लगाने की मराठी परंपरा की शुरुआत निमाड़ और मालवा में देवी अहिल्याबाई के समय से ही प्रचलन में आई थी।

अहिल्याबाई ने अनेक उत्सव को परंपरागत रूप से समाजोत्सव के रूप में स्थापित किया था। जैसे चैत्र माह में ही रामनवमी, वैशाख में हनुमान जयंती, सत्तू अमावस्या, वैशाख में अक्षय तृतीया, ज्येष्ठ में गंगा दशहरा, आषाढ़ में देवशयनी एकादशी, नाग पंचमी, रक्षाबंधन का पर्व, भादो में कृष्ण जन्माष्टमी, गणेश चतुर्थी, नवरात्रि उत्सव, कार्तिक में दीपावली, सप्तमी को राज राजेश्वरजी का जन्मोत्सव, गोपा अष्टमी, देव उठनी एकादशी, तुलसी विवाह तथा अगहन मास में नाग दीपावली व दत्त पूर्णिमा के पर्वों एवं मुस्लिमों के ईद, रमजान, मोहर्रम सहित पूरा वर्ष धार्मिक वातावरण से ओत-प्रोत रहने लगा था।

इसी तरह अलग-अलग उत्सव-त्योहारों पर जैसे नवरात्रि में स्वाँग, गरबी गायन, शरद् पूर्णिमा से संत सिंगाजी के झाँझ-मृदंग पर भजन, कढ़ाव, ढोलक-घेरों पर लोकगीत, लावणी, खयाल, कलगी-तुर्रा के दंगल, गम्मत, नाटक, लोक नृत्य, नाग पंचमी पर कुश्ती-दंगल आदि के सांस्कृतिक आयोजनों ने उत्तरी राज्य की प्रजा को पूरे वर्ष ऊर्जा और आनंद से सराबोर कर उनके जीवन में नवरस भर दिए थे।

अहिल्याबाई ने महिलाओं को धार्मिक उत्सवों से जोड़कर उन्हें शस्त्र प्रशिक्षण की ओर भी उन्मुख किया। उन्होंने महिलाओं के सशक्तीकरण की दृष्टि से उन्हें प्रेरित किया था। उनका मानना था कि महिलाओं का पहला कर्तव्य गृहस्थ जीवन का दायित्व निभाकर जीवन को सुंदर और सुखमय बनाना है। तो दूसरा अपने सामर्थ्य और शक्ति के बल पर दुर्गा बनकर असुरों का नाश कर देश को सुरक्षित बनाना भी उनका कर्तव्य है।

देवी अहिल्याबाई ने अपनी खासगी जागीर के धन को धार्मिक, परोपकारी कार्यों में लगाकर उसका सदुपयोग किया था। उनके द्वारा काशी में भगवान् काशी विश्वनाथ के मंदिर का जीर्णोद्धार और नव-निर्माण किया गया था। इसके साथ ही उन्होंने वहाँ भगवान् श्रीराम, लक्ष्मण, भरत, शत्रुघ्न और हनुमान की पंचायतन प्रतिमाएँ स्थापित की थीं। उनके द्वारा वहाँ तारकेश्वर मंदिर, मणिकर्णिश्वर मंदिर और अहिल्येश्वर मंदिर आदि बनाए गए थे। राजा हरिश्चंद्र के पौराणिक मणिकर्णिका घाट का पुनर्निर्माण, दशाश्वमेध घाट आदि उन्होंने बनवाए थे। मंदिर और घाट निर्माण के साथ ही देवी ने धर्मशालाएँ एवं अन्न क्षेत्र भी प्रारंभ किए थे। इन निर्माण कार्यों की देखरेख के लिए वे अपनी खासगी जागीर के अधिकारी गोविंदराव रघुनाथ गानू को अक्सर काशी भेजा करती थीं।

देवी अहिल्याबाई ने उत्तर प्रदेश, मथुरा में भगवान् श्रीकृष्णजन्मभूमि और वृंदावन में मंदिर, धर्मशालाएँ और घाटों का निर्माण कार्य करवाया था। उनके द्वारा वृंदावन में नवनिर्माण के कार्यों में श्रीकृष्ण बिहारी मंदिर प्रमुख है। यमुना नदी पर निर्मित चीरहरण घाट और कालियादह घाट प्रसिद्ध हैं। हरिद्वार में देवी ने होल्कर बाड़ा और कुशाघाट का निर्माण कार्य कराया था। केदारनाथ में अन्नपूर्णा एवं भैरव मंदिर और धर्मशालाएँ, बद्रीनाथ में श्रीकेदारेश्वर मंदिर एवं हरिमंदिर और धर्मशालाओं का निर्माण, देव प्रयाग में एक उद्यान और गरम पानी का कुंड, घाट और खंडेश्वरी मंदिर का जीर्णोद्धार कराया था। नैमिषारण्य में महादेव माडी, निमसार धर्मशाला, गो-घाट और चक्रतीर्थ कुंड आदि का निर्माण कार्य कराया था।

गुजरात द्वारका में मोहताजखाना, पूजाघर और द्वारकाधीश मंदिर के पुजारियों को कुछ गाँव दान में दिए थे। गुजरात में ही रणछोड़ मंदिर, उत्कंतेश्वर मंदिर, बैजनाथ मंदिर, सिद्धेश्वर मंदिर आदि का निर्माण और जीर्णोद्धार उन्होंने कराया था। मोहम्मद गजनवी द्वारा खंडित किए गए सोमनाथ मंदिर का देवी अहिल्याबाई ने पुनः निर्माण कराया था। इस बात का उल्लेख प्रथम अफगान युद्ध विजय के पश्चात् सोमनाथ मंदिर के चंदन के दरवाजे भारत

लाने के बाद गवर्नर जनरल लॉर्ड एलनबरो ने महाराज हरिराव होल्कर को एक पत्र लिखकर उस प्रसंग का उल्लेख किया था—"महारानी अहिल्याबाई ने भी सोमनाथ के मंदिर का निर्माण कार्य करवाया था।" देवी अहिल्याबाई ने महेश्वर को राजधानी बनाने के पश्चात् अनेक भवनों, मंदिरों, आश्रमों, घाटों और छतरियों का निर्माण कराया था। उन्होंने अपने स्वयं के निवास हेतु 18वीं सदी में आधुनिक शैली की एक बेहतरीन हवेली का निर्माण कार्य करवाया था।

इसी प्रकार मध्य प्रदेश के अनेक स्थानों पर मंदिर निर्माण और जीर्णोद्धार के कार्य देवी अहिल्याबाई के मार्गदर्शन में संपन्न हुए थे। उन्होंने चित्रकूट में श्री रामचंद्र मंदिर की प्राण प्रतिष्ठा की थी। मंडलेश्वर में शिव मंदिर और घाट का निर्माण, नेमावर का भैरव मंदिर भी अहिल्याबाई की ही देन हैं। ओंकारेश्वर का ममलेश्वर एवं उज्जैन के महाकालेश्वर ज्योतिर्लिंग का जीर्णोद्धार कार्य भी उन्होंने करवाया था। उनके ससुर मल्हारराव ने जिस स्थान पर अपने प्राण त्यागे थे, उस स्थान आलमपुर में हरिहरेश्वर, बटुक, मल्हारीमार्तंड, सूर्य, रेणुका, राम हनुमान मंदिर, श्रीराम मंदिर, लक्ष्मी नारायण मंदिर, मारुति मंदिर, नरसिंह मंदिर, खंडेराव मार्तंड मंदिर, मल्हारराव के स्मारक का निर्माण किया था। माँ नर्मदा के उद्गम अमरकंटक में श्री विश्वेश्वर मंदिर, कोटितीर्थ मंदिर, गोमुखी मंदिर, धर्मशाला और वंश कुंड का अहिल्याबाई द्वारा पुनर्निर्माण किया गया था।

राजस्थान के नाथद्वारा में अहिल्या कुंड, मंदिर, कुआँ और धर्मशाला का निर्माण, पति खंडेराव की स्मृति में स्मारक, मंदिर और कुएँ का निर्माण देवी ने कराया था। भरतपुर में मंदिर, धर्मशाला, कुंड और घाट का निर्माण, पुष्कर में गणपति मंदिर, धर्मशाला और उद्यान का निर्माण देवी अहिल्याबाई द्वारा कराया गया था।

महाराष्ट्र में अहिल्याबाई ने अनेक स्थान पर पुण्यमयी निर्माण कार्य संपन्न कराए थे। पंचवटी, नासिक में श्रीराम मंदिर, गोरा महादेव मंदिर, धर्मशाला, पंढरपुर में श्रीराम मंदिर, तुलसीबाग, होल्कर वाड़ा, सभा मंडप का निर्माण, धर्मशालाएँ, विट्ठल मंदिर निर्माण कराया गया था। गोदावरी नदी

पर घाट का निर्माण, त्र्यंबकेश्वर मंदिर का जीर्णोद्धार, भीमाशंकर मंदिर का जीर्णोद्धार, भुसावल चंगादेव मंदिर का निर्माण, घृष्णेश्वर में घृष्णेश्वर मंदिर का जीर्णोद्धार उन्होंने कराया था।

आज भारत में जहाँ जाते हैं, वहाँ देवी अहिल्याबाई द्वारा किए कार्य देखने और सुनने को मिल जाते हैं। ज्योतिर्लिंग, चार धाम द्वारिका, बद्रीनारायण, रामेश्वरम हनुमान मंदिर, श्रीराधाकृष्ण मंदिर, धर्मशालाएँ, जगन्नाथपुरी में श्री रामचंद्र मंदिर, धर्मशाला, गया बिहार में 1787 में विष्णुपद मंदिर का पुनर्निर्माण कराया, जिसे 1669 में औरंगजेब द्वारा अपवित्र और ध्वस्त कर दिया गया था। अयोध्या में श्रीराम मंदिर, श्रीभैरव मंदिर, नागेश्वर/सिद्धनाथ मंदिर, सरयूघाट का निर्माण आदि देखे जा सकते हैं।

देवी अहिल्याबाई द्वारा किए गए कार्य भारत की उस एकात्म परंपरा का साकार रूप हैं, जिसमें न जाति भेद है, न रंग भेद है, न क्षेत्र भेद है और न पंथ भेद है। उन्होंने अपने सभी कार्य जाति से ऊपर उठकर किए थे। पूरब-पश्चिम, उत्तर और दक्षिण सभी दिशाओं में सर्वत्र उन्होंने परमार्थ के कार्य संपन्न किए थे। पंथ से ऊपर उठकर मस्जिदों और मजारों तक का निर्माण उनके द्वारा करवाया गया था। यहाँ तक कि वे मुसलमान फकीरों और मौलवियों को दान भी दिया करती थीं।

अहिल्याबाई चाहती थीं कि समाज शिक्षित, प्रशिक्षित और स्वस्थ रहे, जिससे भारत की प्रज्ञा, शक्ति के बल पर राष्ट्र सांस्कृतिक सुरक्षा को प्राप्त कर सके इसलिए उन्होंने शिक्षा के लिए विद्यालय, युवकों के बल को संवर्धित करने के लिए व्यायामशालाएँ, प्रजा निरोगी रहे, इसके लिए औषधालय और प्रजा की नैतिक मूल्य वृद्धि हेतु स्थान-स्थान पर सत्संग के लिए सभा मंडप बनाए थे। इस तरह से अहिल्याबाई ने अपने राज्य के साथ संपूर्ण देश में एक सांस्कृतिक जागरण का पुनीत कार्य संपन्न किया था।

सनातन संस्कृति की प्रतिष्ठा बनाए रखने के लिए सूचनाओं को एकत्रित करने की दृष्टि से उन्होंने संपूर्ण भारत में सुदृढ़ सूचना तंत्र की आवश्यकता

को ध्यान में रखते हुए अपना सूचना तंत्र विकसित किया था। यद्यपि इतिहास की पुस्तकों में उनके सूचना प्रबंधन का विवरण अधिक नहीं मिलता। फिर भी उनकी कार्यशैली, इंदौर राज्य पर संभावित संकट को भाँपते हुए समय रहते स्वयं को सुरक्षित कर लेने से ध्यान में आता है, निश्चित ही उनके गुप्तचर उन्हें निरंतर सूचना भेजते रहते होंगे। भारतीय सांस्कृतिक मानबिंदुओं का संपूर्ण देश में जीर्णोद्धार और नवनिर्माण में उनके इस सूचना तंत्र ने महत्त्वपूर्ण भूमिका निभाई होगी। भारत का कौन सा खंडित मानबिंदु कहाँ है ? उसके पुनर्निर्माण या जीर्णोद्धार का मार्ग क्या हो सकता है ? इसकी सटीक जानकारियों के बिना इतने स्थानों पर निर्माण करा पाना किसी के लिए संभव नहीं हो सकता था। वह भी उन स्थानों का, जिन्हें आक्रांताओं ने विध्वंस किया हो। यह उनके संपर्क सूत्रों की विशेषता थी, जिसके बल पर वे इस सांस्कृतिक राष्ट्र निर्माण के कार्यों में सफल हो सकी थीं।

देवी अहिल्याबाई ने महसूस किया कि आम जनमानस में घोर निराशा है, इस निराशा से उबारना है तो जनता में सांस्कृतिक और आध्यात्मिकता के बल पर नैतिक मूल्य स्थापित करने होंगे। इसलिए उन्होंने अपने व्यक्तिगत आचरण और परोपकारी शासन तंत्र को आगे बढ़ाया इसलिए उनके राज्य में धार्मिक सहिष्णुता, सह-अस्तित्व, आपसी सद्भाव और निष्पक्ष न्याय की नीति के आधार पर आम जनता सुखी और समृद्ध हो सकी थी।

अहिल्याबाई ने अपने आचरण से जो प्रतिष्ठा और मूल्य स्थापित किए, समाज के लिए वह एक आदर्श है। इन नैतिक मूल्यों ने समाज जीवन को प्रभावित किया और लोगों के जीवन में बदलाव की शुरुआत हुई, जिनके जीवन में बदलाव आया, उनमें एक महाराष्ट्र के सुप्रसिद्ध कवि अनंतफंदी भी थे। अहिल्याबाई के धार्मिक और परोपकारी कार्यों की चर्चा उन दिनों संपूर्ण भारत में हो रही थी। संगमनेर (महाराष्ट्र) के अनंतफंदी नामक कवि, जो अपनी लावणियों के मधुर स्वर, खेल-तमाशों और करतबों से लोगों में प्रसिद्ध थे। उन्होंने भी जब अहिल्याबाई के निष्पक्ष न्याय, दानपुण्य, सेवा, धार्मिक निर्माण कार्यों एवं एक महारानी होने के पश्चात् भी सादगीपूर्ण जीवन आदि

की चर्चा सुनी तो स्वाभाविक रूप से उनका मन भी उनके दर्शन के लिए लालायित हो गया। फिर क्या था! वे अपने साथी मलकफंदी, रतनफंदी और राघवफंदी के साथ महेश्वर की यात्रा पर निकल पड़े।

अनंतफंदी और उनके साथियों को महेश्वर के मार्ग में भीलों ने लूट लिया, लेकिन उनके गायन को सुनकर सभी भील मंत्रमुग्ध हो गए। भीलों के सरदार को जब पता चला कि वे अहिल्याबाई के दर्शन करने महेश्वर जा रहे हैं, तो उसने उन्हें महेश्वर तक सुरक्षित भेजने में सहायता करते हुए अपने साथी को महेश्वर तक भेजा। अनंतफंदी अपने साथियों के साथ जब महेश्वर पहुँचे तो वहाँ का वातावरण, नर्मदा का विशाल तट, मंदिर और आश्रम देखकर वे मंत्रमुग्ध हो गए। दूसरे दिन जब अहिल्याबाई के दरबार में वे पहुँचे तो जो देवी अहिल्याबाई के विषय में सुन रखा था, उसके प्रत्यक्ष दर्शन किए। एक महारानी एक सादे घर में रहती है, जैसे किसी सामान्य नागरिक का मकान हो! दरबार में वह देवी को निहारता है, श्वेत वस्त्र, गले में चंदन की माला और मस्तक पर चंदन का टीका लगाए हुए जैसे कोई तपस्विनी उस दरबार में विराजित हो। अनंतफंदी ने उन्हें प्रणाम किया। देवी ने उनका उचित सम्मान किया, क्योंकि अनंतफंदी के विषय में वे पहले ही सुन चुकी थीं। अनंतफंदी ने अपने गायन और खेल-तमाशे दिखाने का देवी से अनुरोध किया। अहिल्याबाई ने कहा, "मैं तो इस प्रकार के आयोजन करती नहीं और न देखती हूँ।" अनंतफंदी के अत्यधिक आग्रह पर उन्होंने उनके निवेदन को स्वीकार कर लिया। अनंतफंदी ने अपनी डफली की तान पर लावणियों, फूहाड़ों और खेल-तमाशों से महेश्वर दरबार के सभासदों और नगरवासियों को आनंद विभोर कर दिया था।

अहिल्याबाई ने दूसरे दिन अनंतफंदी को सम्मान और पुरस्कार देते हुए कहा, "अगर अपनी कविता शक्ति का उपयोग तुम भक्ति गीतों की रचना और ईश्वर के गुणगान में लगाओगे तो तुम्हारा परमार्थ होगा और तुम्हारे सहित सभी सुननेवालों का भी कल्याण होगा। ऐसे खेल-तमाशों से तुम्हारा यह लोक

सुधरनेवाला नहीं है। भगवत भक्ति से तुम्हारा यह लोक और परलोक दोनों सुधर जाएँगे।" अहिल्याबाई की बातों ने अनंतफंदी के जीवन को परिवर्तित कर दिया।

अहिल्याबाई एक बार महाराष्ट्र यात्रा के दौरान संगमनेर के पास से गुजर रही थीं तो उन्हें वहाँ बहुत भीड़ नजर आई। पूछने पर ज्ञात हुआ कि यहाँ 'अनंत मेला' लगता है। इस मेले में हजारों लोग अनंतफंदी की लावणियों, फूहाड़ों और तमाशों को देखने और सुनने के लिए एकत्रित होते हैं। अहिल्याबाई ने कहा, "हम सभी आज उनको सुनकर ही आगे बढ़ेंगे।" अनंतफंदी ने जब वहाँ माता अहिल्याबाई को देखा तो वे भाव विभोर होकर भजन गाने लगे—

हरि तुझी मुरली अधरा घेणी।
मुरलि ने कसे लाविले पिसे॥
गोपी विचरतां विसरली वेणी॥ 1॥

वृंदावन घोट झालो आम्ही नोट।
लोक लाजे वरी सोडिले पाणी॥ 2॥
मध्वनाथ स्वामी भाग्यवंत आम्ही।
हैचि भागत से शैवटली घेणी॥ 3॥

लोग उनके मधुर स्वर को सुनकर भजनों की लावणियों में खो गए। अहिल्याबाई भजनों से भरी लावणियों को सुनकर बहुत प्रसन्न हुईं। उन्होंने अनंतफंदी को वस्त्र और अपने हाथ का सोने का कड़ा उतारकर पुरस्कार स्वरूप भेंट किया। इस तरह देवी अहिल्याबाई ने अनंतफंदी के जीवन में परिवर्तन ला दिया था।

अहिल्याबाई के समकालीन विख्यात मराठी कवि मोरोपंत रामचंद्र पराड़कर ने काशी यात्रा के समय देवी की ख्याति, प्रतिष्ठा, प्रतिभा एवं श्रेष्ठ व्यक्तित्व का गुणगान सुना था। इसलिए काशी यात्रा से लौटते समय वे महेश्वर में अहिल्याबाई के दर्शन करने के लिए आए थे। उनके प्रत्यक्ष

दर्शन के पश्चात् मोरोपंत पराड़कर भाव विभोर होकर अहिल्याबाई को धर्म-संस्कृति का वरदान मान मराठी भाषा में अपनी भावाभिव्यक्ति को इन पदों के रूप में व्यक्त करते हैं—

श्री हरिहर भक्ता तू देवि अहिल्ये वरा धरा भूषा।
पूषा तुज साधु म्हणे ख्याता तुज सम न वाण तनुभूषा॥ 1॥

देवी अहिल्याबाई! झालीस जगत्तयात तू धन्या।
न न्याय धर्म निरता अन्या कलिमाजि ऐकिली कन्या॥ 2॥

धमार्थ गोत्रजन्या किंवा झालीस तूं धरा जन्या।
तुज देवी भेटली जी सत्कीर्ति कीच हे न राजन्या॥ 3॥

जाणत धर्म करीना त्या स्तवियों कोण पंडित मन्या।
न न्याय धर्म निरता अन्या माजी एकिली कन्या॥ 4॥

न त्यजिसी नर्मदेत देवि, तुझी ती बहु प्रिया आली।
गंगेचीहि सुखी हो की उभय मनांत सतक्रिया आली॥ 5॥

श्री विष्णुपदा! स्तविली त्वद्भक्ता हे तुलाहि मानावें।
विश्व जिला वनितसे कां न मयूरेहि तीस बानावें॥ 6॥

वे कहते हैं—"देवी अहिल्या, तुम हरिहर की परम भक्त हो। अपनी भक्ति के कारण तुम इस पृथ्वी का श्रेष्ठ आभूषण बन गई हो। सूर्य भी तुम्हारी प्रशंसा करता है, बाण की पुत्री भी तुम्हारे समान प्रसिद्ध नहीं है। हे महा माननीय देवी, तुम तीनों लोकों में धन्य हो। कलियुग में तुम्हारे समान न्यायी और धर्मपरायण नारी दूसरी नहीं हुई। धर्म कार्य करने के लिए ही तुम जन्मी हो। तुम संभवतः पार्वती या सीता का अवतार हो। तुम्हारे जैसी किसी भी राजा की सत्कीर्ति नहीं

हुई है। पंडितों द्वारा प्रशंसित मनुष्यों में ऐसा कौन है, जो धार्मिक कार्य नहीं करता? हे देवी, तुम्हारे समान न्याय और धर्म में रत कोई और महिला सुनाई नहीं देती। तुम नर्मदा से कभी दूर नहीं होती, क्योंकि वह तुम्हें बहुत प्रिय है। तुम दोनों पवित्र गंगा की सखी हो, क्योंकि सत्कार्य करने की इच्छा तुम दोनों के मन में सदा रहती है। हे विष्णुपद, अहिल्याबाई तुम्हारी एक परम भक्त महिला हैं। तुम्हें यह सुनकर बड़ी प्रसन्नता होगी कि सब लोग उनकी प्रशंसा करते हैं और जब सारा विश्व उनकी स्तुति कर रहा है तो यह मयूर (मोरोपंत) उनका गुणानुवाद क्यों न करे?" इस तरह से मोरोपंत भी देवी अहिल्याबाई के जीवन और उनके कार्यों से अत्यधिक प्रभावित होकर महाराष्ट्र लौटे थे। आगे चलकर यही मोरोपंत महाराष्ट्र के सुप्रसिद्ध कवियों में अपना स्थान बनाते हैं।

अहिल्याबाई एक कुशल राजनीतिज्ञ, कुशल प्रशासक, प्रजा का हित चाहने वाली और प्रजा के नैतिक और आध्यात्मिक जीवन को उच्चता प्रदान करने के लिए धार्मिक, सांस्कृतिक और सामाजिक कार्यों को करनेवाली महारानी थीं। उनकी इसी परोपकारी और दार्शनिक सोच के कारण ब्रिटिश इतिहासकार जॉन कीस ने उन्हें 'The Philosopher Queen' की उपाधि से विभूषित किया था।

माँ साहिबा अहिल्याबाई ने जीवन भर अविश्रांत तपस्विनी के समान अंतिम श्वास तक धर्माचरण किया। अपनी बीमारी के दिनों में भी उनकी दिनचर्या में बहुत अधिक अंतर नहीं आया था। ईश्वर की आराधना और राजकाज दोनों यथावत् चलते रहे थे। देवी समय की बहुत पाबंद थीं और वे हर काम समय पर किया करती थीं। सामान्य दिनों में प्रात: नौ बजे से उनका सार्वजनिक जीवन आरंभ होता था, जो रात्रि नौ बजे तक चलता था। जीवन के अंतिम क्षण तक वे भगवान् शिव और समाज के प्रति समर्पित रहीं। अंतिम क्षण में भी उनके हाथ में शिव स्मरण की माला थी। इस तरह एक महान् कर्मयोगी की भाँति अपने जीवन को माँ अहिल्याबाई ने पूर्ण किया था।

□

न्याय की पर्याय

अहिल्याबाई एक तपस्विनी थीं, एक महारानी होकर भी सामान्य सा जीवन उन्होंने जिया था। एक तरह से उन्होंने राज्य और स्वयं को भगवान् शिव को समर्पित कर दिया था। उन्होंने स्वयं को केवल निमित्त मात्र माना था। इसलिए वे अपने द्वारा किया गया कार्य ईश्वर का कार्य मानकर ही करती थीं। वे अपने आदेश पर हस्ताक्षर श्रीशंकर की अपनी राजमुद्रा में ही अंकित किया करती थीं।

अहिल्याबाई ने अपने राज्य के गाँवों को आत्मनिर्भर बनाया। गाँवों में आने वाली छोटी-मोटी समस्याओं का निराकरण गाँव में ही करने के लिए गाँव पंचायत व्यवस्था सुदृढ़ की थी। स्वाधीनता के समय जिन न्याय पंचायतों की चर्चा प्रारंभ हुई, वास्तव में उसकी आधार भूमि में अहिल्याबाई की न्याय पंचायत व्यवस्था ही रही होगी। यह न्याय पंचायत व्यवस्था राजनैतिक न होकर सामाजिक थी, समाज प्रमुखों के आधार पर इसका संचालन किया जाता था। अहिल्याबाई ने अपने राज्य में न्याय व्यवस्था पर बहुत अधिक जोर दिया था। इस व्यवस्था को उन्होंने विभिन्न स्तरों में विभाजित किया था। प्रथम गाँव के स्तर पर समस्या का समाधान होता था। यदि वहाँ न्याय न मिलता तो तहसील या जिला स्तर पर न्याय की माँग की जा सकती थी। यदि वहाँ भी समस्या का निराकरण नहीं होता था तो मंत्री उस समस्या का समाधान करते थे। मंत्री के द्वारा भी जब समस्या का निराकरण नहीं होता तो न्याय माँगने वाला स्वयं सीधे अहिल्याबाई के सामने आकर अपनी समस्या को रख सकता था।

अहिल्याबाई का चित्र सामान्य रूप से जो प्रचलन में है, उसमें उनके हाथों में शिवलिंग रखा हुआ है। यह इस बात का प्रतीक है कि माँ अहिल्याबाई अपने सारे निर्णय शिव के निर्णय मानकर निष्पक्ष किया करती थीं। इसलिए उन्हें न्याय प्रिय रानी के रूप में मान्यता प्राप्त हुई थी। वे अपनी प्रजा के प्रति तो न्याय धर्म का पालन करती ही थीं, साथ ही कई अवसर ऐसे भी आए, जिसमें अन्य राज्य वाले आपसी विवाद के निर्णय भी उनसे करवाने आए थे, जबकि वे उनके राज्य के बाहर से विषय थे। इस तरह उनकी न्यायप्रियता के चर्चे सर्वत्र फैल चुके थे।

जब किसी के साथ अन्याय होता और उसकी जानकारी देवी अहिल्याबाई को मिलती तो वे तुरंत उस विषय का संज्ञान स्वयं लेती थीं। फिर वे यह नहीं देखती थी कि अन्याय करनेवाला कौन है। एक बार एक अधिकारी ने एक लावारिस मृत व्यक्ति के बारह सौ रुपए सरकारी खजाने में जमा करा दिए। कुछ दिनों पश्चात् उस मृत व्यक्ति के भाई ने अहिल्याबाई के सामने आकर उस लावारिस मृत व्यक्ति का वारिस होने का दावा प्रस्तुत किया। तब अहिल्याबाई ने सभी प्रकार की जाँच करके और उसके द्वारा प्रस्तुत प्रमाणों से संतुष्ट होकर उस मृतक के भाई को खजाने में जमा रुपए वापस लौटाने का अधिकारी को आदेश दिया।

इसी तरह के अनेक प्रकरण अहिल्याबाई की न्यायप्रियता के जीवंत प्रमाण हैं। देवी ने न तो कभी अपनी प्रजा के साथ अन्याय किया और न कभी होने दिया। व्यक्तिगत जीवन में अहिल्याबाई अत्यंत दयालु एवं क्षमाशील थीं, किंतु न्याय के समय वे पूर्ण निष्पक्ष और कठोर रहती थीं। कानून व मर्यादा भंग करनेवालों और प्रजा का अहित करनेवालों के प्रति वे न कभी दयालु रहीं और न ही कभी अपराधी को क्षमा किया। अपराधी चाहे उच्चाधिकारी हो, सरदार हो, कर्मचारी हो अथवा राजपरिवार का सदस्य ही क्यों न हो। उसे सदैव एक अपराधी के रूप में ही उन्होंने देखा था। हाँ, लेकिन उन्होंने अपराधी को सुधरने का अवसर अवश्य दिया।

अहिल्याबाई ने अपने दरबार की व्यवस्था इस प्रकार की बना रखी थी, जिसमें बिना रोक-टोक के उनकी प्रजा का कोई भी व्यक्ति अपनी बात उनके सामने आकर रख सकता था। उनके सामने आनेवाले प्रत्येक व्यक्ति की बात वे पूरे ध्यानपूर्वक सुनकर तुरंत उसकी उचित व्यवस्था किया करती थीं। प्रजा के कष्टों को दूर करने के लिए वे सदा तत्पर रहती थीं। उनकी कर्तव्य-कठोरता व अपनी प्रजा के लिए वे कितनी संवेदनशील थीं इसकी अनेक घटनाएँ हैं। ये घटनाएँ उनकी न्यायप्रियता और प्रजावत्सलता को प्रकट करती हैं।

एक प्रसंग के विषय में राणोजी थिटे देवी से न्याय माँगने आए तो देवी अहिल्याबाई ने उस विषय की पड़ताल कर आदेश जारी किया—"स्वर्गवासी सूबेदार (मल्हारराव होल्कर) ने महादजी थिटे केंदुरकर से कुछ रुपया घोड़े खरीदने के लिए कर्ज लिया था। महादजी थिटे का भी स्वर्गवास हो गया है। उनके नाती राणोजी थिटे उक्त कर्ज के दस्तावेजों को लेकर महेश्वर आए हैं। राणोजी को उक्त कर्ज का चुकता रुपया राज्य से तुरंत चुका दिया जाए।"

इसी प्रकार के एक घटनाक्रम में अहिल्याबाई ने 1 सितंबर, 1792 को भारमल दादा को पत्र लिखा—"परगना थालनेर मौजा बाघाड़ी के जाखोजी जगताप पर आरोप लगाकर उससे चार सौ रुपए वसूल कर तुमने खजाने में जमा किए हैं। जाँच करने पर जगताप निरपराध पाया गया। अत: उसे चार सौ रुपए तुरंत लौटाए जाएँ।"

ये घटनाएँ अहिल्याबाई की न्यायप्रियता को प्रदर्शित करती हैं। किसी भी तरह के अन्याय को वे पसंद नहीं करती थीं। उन्होंने स्वयं अपने जीवन में भी अन्याय का कोई कार्य नहीं किया था। इसलिए अन्याय होते देखना भी उनके लिए असंभव था। राज्य के बड़े-से-बड़े अधिकारी भी यदि कोई अन्याय करते तो वे स्वयं संज्ञान लेकर न्याय करती थीं।

एक बार चाँदवड़ के मामलतदार ने एक व्यक्ति को सताया था। उसकी जानकारी जब माता अहिल्याबाई को लगी तो उन्होंने तुरंत उसे लिखा—

"भविष्य में प्रजा के साथ इस प्रकार का व्यवहार होना ठीक नहीं। प्रजा की हर बात पर गौर कर पूर्ण संतोष प्रदान करो। भविष्य में तुम्हारी शिकायत हुई तो उसका परिणाम अच्छा नहीं होगा।"

इसी प्रकार एक अन्य अधिकारी को उन्होंने लिखा था—"चिरंजीव तुलाराव होल्कर को अहिल्याबाई का आशीर्वाद। तुमने शेगाँव परगने में प्रजा पर मनमाना जुल्म कर उनसे पैसा वसूल किया है। तुमने प्रजा के मामलों के लिए महाल के अधिकारी को क्यों तंग किया? अतएव तुम्हें लिखा जाता है कि आज तक प्रजा पर अन्याय कर अपनी मनमानी से जो रुपया तुमने वसूल किया है, उसका खुलासा सरकार में पेश करो और यदि भविष्य में तुमने लेन-देन के मामले में किसी भी तरह का अन्याय किया तो तुम्हारा वह कार्य अक्षम्य समझा जाएगा।"

अहिल्याबाई के सामने अपनी प्रजा का हित ही सर्वोपरि था। प्रजा के हित के सामने उनके सरदारों व अधिकारियों को भी वे तुच्छ समझती थीं। अन्यायी व नियम विरुद्ध कार्य करनेवाले कर्मचारियों के विरुद्ध वे कठोर काररवाई करने में किसी प्रकार का संकोच नहीं करती थीं। इसका परिणाम ऐसा हुआ कि राज्य के अधिकारीगण किसी के साथ अन्याय करने में डरते थे। वे अच्छी प्रकार से जानते थे कि उनके द्वारा यदि कोई गलत कार्य किया गया तो वह अहिल्याबाई से छिप नहीं पाएगा और उसका परिणाम भुगतने से उन्हें कोई नहीं बचा सकेगा।

उन्होंने अपने परिवार के द्वारा भी यदि किसी पर अन्याय होते देखा तो उसे भी गंभीरतापूर्वक लिया। एक बार धार की महारानी जानकीबाई पँवार गटेश्वर में भ्रमण और दर्शन के लिए आई थीं। उनके गले में एक सुंदर नौलखा हार था। तुकोजीराव होल्कर की पत्नी रुखमाबाई होल्कर ने होल्कर साम्राज्य की महारानी होने के घमंड में महारानी जानकीबाई पँवार से विवाद किया और महारानी जानकीबाई पँवार के गले का सुंदर नौलखा हार उनका अपमान कर उनसे छीन लिया। उसका कहना था, "एक छोटे राज्य की रानी

होकर वह इतना सुंदर मूल्यवान हार पहनकर महेश्वर में प्रदर्शन नहीं कर सकती।"

अहिल्याबाई को अपनी महिला गुप्तचर से इस घटनाक्रम की जानकारी मिली कि सूबेदार तुकोजीराव होल्कर की धर्मपत्नी रुखमाबाई ने नर्मदा स्नान और पुण्य लाभ लेने और महेश्वर के किले सहित होल्कर राजधानी देखने आई धार की महारानी के साथ अपमानजनक व्यवहार किया है। देवी अहिल्याबाई ने रुखमाबाई होल्कर को अपने आवास पर बुलाकर उन्हें डाँटा और समझाने में बिल्कुल विलंब नहीं किया। उन्होंने उससे कहा—"तुम्हें भान भी है कि अब तुम होल्कर साम्राज्य की महारानी हो? होल्कर महारानी को तो शरद काल की धीर-गंभीर सरिता की तरह होना चाहिए।" अहिल्याबाई के इस प्रकार गुस्से को देखकर रुखमाबाई सहम गई। देवी ने आगे कहा—"तुम्हें यह याद रखना चाहिए रुखमाबाई कि होल्करों और पँवारों के संबंध हमेशा सौहार्दपूर्ण रहे हैं। तुमने पँवार महारानी से जो नौलखा हार छीना है, वह उन्हें तुरंत जाकर लौटाओ और उनसे क्षमा माँगो और हमेशा यह याद रखना कि भविष्य में पँवारों से हमारे मैत्रीपूर्ण संबंध बने रहें।" देवी अहिल्याबाई का व्यक्तित्व और प्रभाव इतना था कि होल्कर महारानी रुखमाबाई ने धार की पँवार महारानी जानकीबाई को न केवल उनका हार लौटाया, बल्कि उसने क्षमा-याचना भी प्रकट की।

अनेक व्यक्ति अपने पारिवारिक झगड़े सुलझाने के लिए भी अहिल्याबाई के पास आते थे। वे उनके झगड़ों को सुलझाती थीं और दोनों पक्ष पूर्ण संतुष्ट व प्रसन्न होकर वहाँ से लौटते थे। प्रायः लोग अपनी घर-गृहस्थी की निजी बातें भी निस्संकोच भाव से उनके सामने रखकर उनकी राय जानकर काम करते थे। देवी अहिल्याबाई सबकी बातें बड़े धैर्य से सुनकर उचित मार्गदर्शन व आवश्यक सहायता किया करती थीं। न्यायालय जाने के पूर्व लोग यदि उनके पास पहुँच जाते थे, तो फिर न्यायालय में जाने की आवश्यकता ही नहीं रह जाती थी।

पूना दरबार में चल रहे अनेक मामलों को भी उन्होंने बड़े अच्छे ढंग से सुलझाया था। देश के कई राजे-रजवाड़े अपने पारिवारिक व अन्य झगड़ों को निपटाने के लिए उनके पास अक्सर आते थे। एक बार तत्कालीन ग्वालियर व होल्कर राज्यों में एक भूमिखंड को लेकर वर्षों तक विवाद चलता रहा। दोनों पक्ष उस जमीन पर अपना अधिकार जमाते रहे थे। अंत में दोनों पक्षों ने किसी एक पंच से न्याय कराने का निर्णय किया। दोनों पक्षों ने बहुत सोच-विचारकर इस कार्य के लिए देवी अहिल्याबाई का नाम तय किया। मजेदार बात यह थी कि देवी अहिल्याबाई स्वयं विवादग्रस्त एक पक्ष से संबंधित थीं। अहिल्याबाई द्वारा दिया गया निर्णय अनूठा था। उन्होंने कहा कि दोनों पक्ष उस जमीन पर से अपना अधिकार छोड़कर उसे गोचर भूमि के रूप में बिना लगान के छोड़ दें। तदनुसार यह विशाल भूमिखंड गौओं के लिए छोड़ दिया गया और मध्य भारत के निर्माण तक उसी रूप में रहा। इस एक ही घटना से देवी की न्यायप्रियता व उनके प्रति लोगों की कैसी भावनाएँ थीं, यह बहुत अच्छी तरह से समझा जा सकता है।

अहिल्याबाई के सामने सभी जगह से अनेक प्रकरण आते रहते थे। देवी निष्पक्ष होकर अपने फैसले लिया करती थीं। जो उनके पास आता था, वह पूर्ण संतुष्ट होकर ही जाता था। इसी प्रकार का एक विषय होल्कर राज्य के खरगोन (निमाड़) से उनके पास आया था। तापिदास और बनारसीदास नाम के दो साहूकार भाई वहाँ निवास करते थे। दुर्भाग्यवश उन दोनों भाई की नि:संतान रहते ही असामयिक मृत्यु हो गई थी। उनके पास लाखों की संपत्ति थी, साथ में लोगों को दिया हुआ कर्ज का धन लेना भी शेष था। नि:संतान विधवाओं की इस संपत्ति को हड़पने के लिए कुछ लोग कुत्सित प्रयास करने लगे थे।

अहिल्याबाई के परोपकारी कार्यों की चर्चा सर्वत्र हो रही थी। इसलिए तापिदास और बनारसीदास की पत्नियों ने इन परिस्थितियों में अहिल्याबाई के दरबार में जाने का निश्चय किया और दोनों अहिल्याबाई के दरबार महेश्वर में

प्रस्तुत हो गईं। अहिल्याबाई के दरबार में पहुँचकर उन्होंने उनसे निवेदन किया कि आपके धार्मिक एवं परोपकारी कार्यों की चर्चा बहुत सुनी है, इसलिए हम आपके दर्शन करने के लिए आए हैं।

अहिल्याबाई को लगा, शायद वे किसी दुविधा में हैं, इसलिए वे मेरे पास आई हैं। उन्होंने कहा, "आप निर्भीक होकर अपनी समस्या मुझे बताइए, मैं उसका समुचित समाधान करूँगी।" दोनों विधवाओं ने एक-दूसरे को देखा और कहा, "माता! हम दोनों के पतियों की असमय मृत्यु हो गई है, हम दोनों की कोई संतान नहीं है। हमारे पतियों की लाखों की संपत्ति हमारे पास है, हम दोनों चाहती हैं, हमारी लाखों की संपत्ति को आप स्वीकार कर धार्मिक और पुण्य कार्यों में लगाएँ, क्योंकि इस संपत्ति का हमारे लिए अब कोई उपयोग नहीं है।" अहिल्याबाई ने दोनों की बातों को सुनकर कहा, "यह संपत्ति तुम्हारे पतियों ने अपने पुरुषार्थ से अर्जित की है, इसलिए तुम दोनों ही इसकी स्वामिनी हो। इस संपत्ति को मैं नहीं ले सकती।" आगे उन्होंने कहा, "अगर इस संपत्ति को तुम अपने पास नहीं रखना चाहती तो उसे खुद अपने हाथों से दान, धर्म और परोपकार के कार्यों में लगाओ, जिससे तुम्हारे धन का सदुपयोग भी होगा और तुम्हें पुण्य लाभ भी प्राप्त होगा। जिससे तुम्हारे पतियों के कुल का भी गौरव बढ़ेगा।" अहिल्याबाई की बातें सुनकर दोनों विधवाओं की आँखों में प्रसन्नता छा गई। उन्होंने कहा, "आपके दर्शन और मार्गदर्शन से हम कृतज्ञ हो गईं।" अहिल्याबाई से विदा ले, वे दोनों खुशी-खुशी खरगोन वापस लौट गईं।

एक वर्ष के बाद अहिल्याबाई को निमाड़ के कामविसदार द्वारा समाचार मिला कि तापिदास और बनारसीदास साहूकारों की विधवाओं ने खरगोन नगर की कुंदा नदी के तट पर एक विशाल घाट और भव्य गणेश मंदिर का निर्माण कराया है।

अहिल्याबाई संपूर्ण भारत में न्याय की पर्याय बन चुकी थी। उनको अपने राज्य में प्रचलित कानूनों व नियमों की संपूर्ण जानकारी रहती थीं। साथ

ही उनके राज्य अधिकारियों व उनके ऊपर सौंपे गए कार्यों की भी वे पूर्ण जानकारी रखती थीं। नियम विरुद्ध व प्रजा के लिए अहितकारी कोई भी कार्य उन्होंने कभी भी सहन नहीं किया था। वे कभी भी अधिकारियों के हाथ का खिलौना नहीं बनीं। अपने विवेक व बुद्धि से प्रजा के हित को सामने रखकर ही शासन का संचालन करती रहीं। इतने वर्ष बीतने के पश्चात् भी उनके द्वारा किए गए फैसले कहानियों के रूप में जन स्मृतियों में सुने जा सकते हैं।

□

सुशासन : मानव कल्याण से प्रेरित राज्य

अहिल्याबाई ने अपने राज्य का मूल तत्त्व 'सर्वजन हिताय सर्वजन सुखाय' रखा था। उसी को केंद्र में रखकर अपनी शासन व्यवस्था का निर्माण किया था। प्रजा का हित, प्रजा का कल्याण, प्रजा का संरक्षण, प्रजा की सुख-सुविधा का संवर्धन, प्रजा की नैतिक और आध्यात्मिक उन्नति में सहयोग को देवी अहिल्याबाई ने प्रमुखता दी थी। देवी प्रजा को अपनी संतान के रूप में स्नेह और प्रेम करती थीं। इसलिए अपने दुःखों को तिलांजलि देकर वे प्रजा के हित को अपने हित से ऊपर मानकर कार्य करती रही थीं।

अहिल्याबाई ने अपनी प्रजा को बाहरी शत्रु, चोर-डाकुओं के साथ-साथ राज्य अधिकारियों से भयमुक्त किया था। उनके राज्य में प्रजा पूर्ण रूप से सुरक्षित अनुभव करती थी। अहिल्याबाई के राज्य में प्रजा की सुख-सुविधा, उनके भोजन, जल या जीवन उपयोगी सभी प्रकार की वस्तुओं की व्यवस्था की गई थी। उन्होंने अनेक स्थानों पर अन्न क्षेत्र चलाए थे, जहाँ साधु-संत, गरीब, असहायों को बिना भेदभाव के भोजन कराया जाता था। उनका शासन सुशासन था, इसलिए प्रजा उनके राज्य में रामराज्य-सा अनुभव करने लगी थी।

प्रजा की नैतिक आध्यात्मिक उन्नति की दृष्टि से अहिल्याबाई ने अपना स्वयं का जीवन पवित्र रखा था। राजा के जीवन का प्रजा पर कितना प्रभाव रहता है, अहिल्याबाई यह अच्छी तरह से जानती थीं—'यथा राजा तथा

प्रजा'। उन्होंने अपने आचरण को शुद्ध, पवित्र और पारदर्शी बनाकर रखा था। प्रजा धर्म के मार्ग पर चले, इसलिए उन्होंने अनेक स्थानों पर मंदिर निर्माण कराए थे। दान धर्म को उन्होंने विशेष महत्त्व दिया था। एक राज्य की शासिका होने के बाद भी वे एक साधारण से खपरैल के मकान में रहती थीं। उनका दरबार भी सामान्य सा दरबार था, जहाँ जनता अपनी बात रखने के लिए बेरोक-टोक आ-जा सकती थी। अहिल्याबाई अपने दरबार में आए हुए प्रजाजन की बातें गंभीरतापूर्वक सुनती थीं। फिर उस आधार पर उनकी उचित व्यवस्था किया करती थीं। उनके इस आचरण के कारण उनके शासन, उनकी कर्तव्यपरायणता, प्रजा-वत्सलता के किस्से सर्वत्र फैल गए थे। आज भी जनता की जुबान पर उनके वे किस्से आ जाते हैं। इसलिए उनकी इस जन हितैषी भावना को देखकर डॉक्टर एनी बेसेंट कहती हैं—"भारत देश की सच्ची अहिल्या हैं, वे केवल लोक कल्याण करनेवाली ही नहीं थीं, बल्कि राष्ट्रीय एकता और अखंडता को सहेजने के लिए सभी ओर अपने खासगी कोष से सामाजिक कार्य करनेवाली वे एकमात्र राष्ट्रमाता हैं।"

अहिल्याबाई ने अपनी प्रजा के अहित में जो प्रचलित कर और पूर्व प्रचलित कानून थे, जिनसे प्रजा को परेशानी का सामना करना पड़ता था, वे सब कानून बदल दिए थे। अहिल्याबाई के अंदर किसी भी प्रकार का भेदभाव, छल-कपट, स्वार्थ नहीं था। इसलिए प्रजा उनके प्रति अपार श्रद्धा भक्ति रखती थी। उन्होंने सेना के बल पर नहीं, बल्कि प्रेम और स्नेह के बल पर जनता के दिलों पर लंबे समय तक शासन किया था। यही कारण था कि उनके इतने लंबे शासनकाल में जनता के बीच उपद्रव और आक्रोश कभी नहीं पनपा था। अहिल्याबाई की प्रजा ने उन्हें एक महारानी के रूप में नहीं, बल्कि देवी के रूप में अपने हृदय में स्थान दिया था।

अहिल्याबाई ने अपने राज्य की जनता के लिए एक स्थान से दूसरे स्थान पर आने-जाने वाले मार्गों का निर्माण कराया था। राहगीरों की सुविधा को ध्यान में रखते हुए अहिल्याबाई ने मार्ग के दोनों ओर छायादार वृक्ष लगवाए

थे, ताकि उन्हें मार्ग में थकान मिटाने के लिए छाया मिल सके। अपनी प्रजा की सुविधा के लिए देश के प्रमुख स्थानों पर उन्होंने धर्मशालाओं का निर्माण कराया। जिससे तीर्थयात्रा और पर्यटन करनेवाले यात्रियों को ठहरने की उत्तम व्यवस्था मिल सके।

देवी अहिल्याबाई ने मानवीयता को प्राथमिकता दी थी, और इसके लिए वे उनके पास आनेवाले जरूरतमंद लोगों की सहायता करती थीं, लेकिन वे पहले इसकी सब प्रकार से पड़ताल करती थीं कि वह वास्तव में धन के लोभ में आया है या उसे सहायता की जरूरत है? काशी से आए हुए एक जरूरतमंद ब्राह्मण के प्रसंग से ध्यान में आता है। काशी में रहनेवाले एक ब्राह्मण का घर जल गया था। अहिल्याबाई के परोपकारी कार्यों के विषय में ब्राह्मण काफी कुछ सुन चुका था। अहिल्याबाई ने काशी नगरी में विश्वनाथ मंदिर का जीर्णोद्धार, श्री तारकेश्वर एवं श्री गंगाजी सहित नौ मंदिरों का निर्माण कराया, गंगातट पर मणिकर्णिका एवं दशाश्वमेध घाट सहित अनेक धर्मशालाएँ, भवन तथा फूलों के बाग बनवाए थे। इसलिए वह महेश्वर अहिल्याबाई की राजसभा में अपने दुखड़े सुनाने के लिए उपस्थित हो गया था। देवी अहिल्याबाई उसे साधारण से धवल वस्त्रों में वात्सल्यमयी माता के समान प्रतीत हुईं। देवी का उसने साष्टांग अभिवादन किया। देवी ने उसे देखते हुए नम्र भाव से पूछा, "मेरे योग्य क्या सेवा है ब्राह्मण देवता?" ब्राह्मण ने बताया, "काशी में मेरा घर जलकर नष्ट हो चुका है। मेरे पास रहने के लिए अब कोई आसरा नहीं है, मुझे अपने घर को पुनः बनाने के लिए धन की आवश्यकता है। मैं बहुत उम्मीद से आपके पास आया हूँ।" कहते-कहते उसका गला अवरुद्ध हो गया।

उस ब्राह्मण की बातें सुनने के पश्चात् अहिल्याबाई ने उसके रुकने और खाने की व्यवस्था महेश्वर में करा दी और उससे कहा, "तुम बहुत दूर से चलकर आए हो, इसलिए कुछ दिन विश्राम कर लो।" अहिल्याबाई ने अपने कारकून से कहा, "इस ब्राह्मण देव का नाम-पता पूछकर हमारे काशी के

कारभारी को लिखो कि यदि सचमुच इनका घर जल गया है तो उसे नया घर बनाकर उनके परिजनों को सुपुर्द कर दिया जाए।"

ब्राह्मण पूरे एक माह महेश्वर में रहा। उसके रहने, भोजन, वस्त्र और दक्षिणा की पर्याप्त व्यवस्था हो रही थी। वह अनेक बार अहिल्याबाई से मिला और अहिल्याबाई उसे सुखपूर्वक रहने का कहकर टालती रहीं। किंतु उसे घर के नाम पर एक पैसे का सहयोग नहीं किया। अंततः वह ब्राह्मण निराश और दुःखी होकर महेश्वर से चल दिया। वह धन-प्राप्ति की अपेक्षा में राजस्थान के कुछ राजाओं के पास भी गया, किंतु उसे अपेक्षित सहयोग प्राप्त नहीं हुआ। अंततः वह पाँच-छह मास बाद निराश होकर काशी में अपने आवास पर पहुँचा तो नया बना हुआ घर देखकर अश्चर्यचकित हो गया। जब उसे ज्ञात हुआ कि देवी अहिल्याबाई ने उसका यह घर बनवाया है, तो वह उनके प्रति श्रद्धावनत हो गया। अहिल्याबाई के इस अलौकिक धर्माचरण पर उसके नेत्रों से आनंद के अश्रु प्रवाहित होने लगे।

इसी तरह के एक अन्य प्रसंग में अहिल्याबाई के राज्य के एक कर्मचारी ने राजमाता को निःसंकोच एक पत्र लिखा कि उसकी माँ के बहुत बीमार रहने से उसके घर की बड़ी दुर्दशा है। जब देवी ने यह पत्र पढ़ा तो तुरंत वे स्वयं उस कर्मचारी के आवास पर गईं और उसकी माँ को सांत्वना देकर तुरंत ही आवश्यक सुविधाएँ उपलब्ध कराईं। इस तरह के आत्मीयतापूर्ण व्यवहार से राज्य के अधिकारी व कर्मचारी देवी के प्रति आदर-सम्मान सहित श्रद्धा-भक्ति रखते थे और वे उन्हें सौंपे गए कार्यों को पूर्ण निष्ठा, उत्साह से अपना दायित्व समझते हुए किया करते थे।

देवी अहिल्याबाई के मानवता के प्रति प्रेम, शासन और उनकी कीर्ति के संबंध में यूरोपीय कवि जोआना वैली ने 1849 में देवी अहिल्याबाई पर एक अंग्रेजी कविता लिखी, जो इस प्रकार है—"For thirty years her seign of peace, The land in blessing did increase And she was blessed by every tounge, By stern and gentle, old and young Kind was her heart and bright her fame And Ahilya was her hounered name." इस तरह उनकी भावाभिव्यक्ति से देवी का उज्ज्वल चरित्र कैसा था, वह ध्यान में आता है! "30 वर्षों तक उनके शांति के शासनकाल में, भूमि का आशीर्वाद बढ़ता गया तथा उन्हें कठोर और सौम्य, बूढ़े और जवान, हर जीव से आशीर्वाद मिला। हाँ, यहाँ तक कि अपनी माँ के चरणों में बैठे बच्चों को भी दोहराने के लिए ऐसी घरेलू कविताएँ सिखाई जाती हैं बाद के दिनों में ब्रह्मा के गर्भ से एक महान् महिला आई, हमारी भूमि पर शासन करने के लिए, दयालु उसका हृदय और उज्ज्वल उसकी ख्याति थी, अहिल्या उसका सम्मानपूर्ण नाम था।"

उस कालखंड में अहिल्याबाई ने देखा, चारों ओर अशांतिपूर्ण वातावरण है, जहाँ हर कोई दुःखी और परेशान है, हर किसी को कोई-न-कोई दुःख और कष्ट है, हर व्यक्ति किसी-न-किसी दुःख से परेशान है। इन परिस्थितियों में वे अपने दुःखों को भूलकर वेदों के विचार से प्रेरित कार्य करती रही थीं।

सर्वे भवन्तु सुखिनः सर्वे सन्तु निरामया,
सर्वे भद्राणि पश्यन्तु मा कश्चिद् दुःख भागभवेत।

जिसका भावार्थ है—सभी जन सुखी हों, सभी जन रोगमुक्त हों, सभी के साथ शुभ कार्य हों और किसी को भी दुःख न हो। जब वे सबका विचार करती हैं तो वे प्रकृति के प्रति भी कृतज्ञ हो जाती हैं। वे प्रकृति को पूज्य मानती हैं, इसलिए उन्होंने नदियों को माँ मानकर पूजा, कुएँ, तालाब, बावड़ियों का निर्माण कराया। उनके शासनकाल में प्रत्येक किसान को वट, पीपल, नीम आदि के नए-नए 20-20 वृक्ष लगाना अनिवार्य होता था। बंजर भूमि पर भील, गोंड आदिवासियों द्वारा वृक्ष लगाने से उन्हें रोजगार मिलता था। अहिल्याबाई के कार्यकाल में पेड़ों को काटना अपराध माना जाता था। उनके ये कार्य प्रकृति के प्रति उनकी कृतज्ञता के भाव से प्रेरित थे। आज जब पर्यावरण के संबंध में चर्चा होती है तो अहिल्याबाई के शासन को भी जरूर याद किया जाना चाहिए।

उन्होंने प्रत्येक जीव में ईश्वर के अंश को देखा था। अहिल्याबाई ने गौ-धन के संरक्षण के लिए किसानों को गौपालन की ओर उन्मुख किया। अहिल्याबाई एवं उनके दरबारी प्रतिदिन पशुओं को चारा खिलाते थे, अहिल्याबाई गौशालाओं में प्रतिदिन चारा भिजवाया करती थीं। पशु-पक्षी, जीव-जंतुओं का मुक्त रूप से विचरण करने का कार्य भी अहिल्याबाई ने ही प्रारंभ किया था। वास्तव में आज के अभयारण्य की कल्पना उन्हीं की देन है। जलीय जीवों के प्रति उनकी दृष्टि कैसे थी, वह इस बात से हम समझ सकते हैं! नर मछली को 'राम' और मादा को 'मौसी' पुकारकर नर्मदा के घाट पर दाना डालने की उन्होंने व्यवस्था की थी। मछलियों के शिकार पर देवी ने पूर्ण पाबंदी लगा रखी थी।

अहिल्याबाई का हृदय अद्भुत और विशाल था, जिसमें मनुष्य, प्रकृति और जीव जगत् के प्रति आत्मिकता थी। उन्होंने प्रत्येक जीव में ईश्वर को देखा था, प्रकृति के कण-कण को वे भगवान् मानती थीं और उसी आधार पर अपने राज्य के नागरिकों को आचरण करने के लिए प्रेरित करती थीं। देवी ने अपनी प्रजा को संतान के समान प्रेम किया था। उनकी प्रजा ने उनको माँ के रूप में देखा था, इसलिए वे लोकमाता के रूप में जगत् विख्यात हो गईं। किसी ने सत्य ही कहा है, जो दूसरों के लिए जीते हैं, वे अमर हो जाते हैं। देवी अहिल्याबाई भी उन्हीं में से एक हैं, जिनका कण-कण समाज और देश को समर्पित है।

□

व्यापारिक नीति

आज जब देश के प्रधानमंत्री नरेंद्र भाई मोदी कहते हैं, 'Local for Vocal' बनें तो हमें भी अपने आस-पड़ोस के नगर और ग्राम में निर्मित गुणवत्ता और उचित मूल्य के उत्पादों को अपने परिचितों में प्रचारित करना चाहिए और स्वयं भी इन उत्पादों का उपयोग करना चाहिए, क्योंकि आज दुनिया भर के सभी चर्चित ब्रांड कभी-न-कभी ऐसे ही रहे होंगे। उनका प्रचार और उनका प्रयोग करनेवालों ने भी निश्चित यही किया होगा। अहिल्याबाई ने भी अपने राज्य में इस प्रकार की व्यापारिक नीति का पालन किया था। अपने राज्य में निर्मित स्थानीय उत्पाद और व्यापार को बढ़ावा देने के लिए उन्होंने 'Local for Vocal' की नीति को अपनाया था, जो उनकी व्यापारिक दूरदृष्टि को प्रदर्शित करता है।

मल्हारराव होल्कर ने मालवा के एक छोटे से गाँव इंदौर को अपनी राजनैतिक गतिविधियों का केंद्र बनाया था। उनके प्रारंभिक शासनकाल में इंदौर होल्कर राज्य की सेना का प्रमुख केंद्र हुआ करता था। आगे चलकर यही इंदौर होल्कर राज्य की राजधानी बना। मल्हारराव होल्कर की मृत्यु तक इंदौर एक बड़ा व्यापारिक केंद्र बन चुका था। मल्हारराव का अधिकांश समय सैनिक अभियानों में व्यस्त रहता था, इसलिए राजधानी के कार्य अहिल्याबाई स्वयं संचालित किया करती थीं। इंदौर के विस्तार और उसे पूरे भारत में एक व्यापारिक पहचान दिलाने में माँ अहिल्याबाई की महत्त्वपूर्ण भूमिका रही थी। अहिल्याबाई ने देश-विदेश के अनेक छोटे-बड़े व्यापारी,

साहूकारों को लाकर इंदौर में बसाया और उन्हें संरक्षण दिया था। इससे देशभर के व्यापारी आकर्षित होकर इंदौर आने लगे थे। इंदौर एक प्रमुख मंडी और व्यापारिक केंद्र के रूप में देवी के कार्यकाल में विकसित हुआ था। आज इंदौर यदि देश का प्रमुख औद्योगिक और व्यापारिक केंद्र बना है तो उसकी नींव रखनेवाली अहिल्याबाई ही थीं।

ससुर मल्हारराव होल्कर और पति खंडेराव की मृत्यु इंदौर से बाहर हुई थी, लेकिन मालेराव ने अपने प्राण इंदौर में अहिल्याबाई की आँखों के सामने त्यागे थे। अपने पुत्र मालेराव की मृत्यु ने अहिल्याबाई को अत्यधिक दु:खी किया था, जिसे भुलाना उनके लिए असंभव था, रह-रहकर वे सारी स्मृतियाँ उनके सामने आ जाती थीं। इन दु:खों और स्मृतियों से दूर जाने के विचार से अहिल्याबाई ने अपनी राजधानी इंदौर को माँ नर्मदा के तट महेश्वर में परिवर्तित कर दिया।

महेश्वर को राजधानी बनाने के पश्चात् उनको अनेक समस्यायों का सामना करना पड़ा। चोर-डाकुओं का आतंक, जिसमें भील, पिंडारी और सौंधिए प्रमुख थे, जिनके आंतक से अपने राज्य के नागरिक को निर्भीक बनाना उनके लिए एक चुनौती थी। गरीबी और भुखमरी की भी एक बड़ी चुनौती उनके सामने थी। व्यापार, कृषि, मजदूरी के पर्याप्त साधन भी लोगों के पास उपलब्ध नहीं थे। उन्होंने डाकुओं का दमन बड़ी कठोरता के साथ किया था। लेकिन छोटी-मोटी चोरी करनेवाले लोग सामान्यत: भूख के कारण ही यह कार्य करते थे। इसलिए उन लोगों के लिए रोजगार उपलब्ध कराना अहिल्याबाई के सामने चुनौती थी।

महारानी अहिल्याबाई ने इन चुनौतियों को समाप्त करने के साथ ही अपने राज्य को आर्थिक दृष्टि से समृद्ध बनाने के अनेक कार्य किए। उन्होंने आत्मनिर्भर समाज के आधार पर आत्मनिर्भर राष्ट्र की नींव तैयार की थी। यदि व्यक्ति कर्मशील होगा और उसका अपना व्यवसाय होगा तो अपराध स्वयमेव समाप्त हो जाएँगे और राज्य की समृद्धि भी बढ़ेगी। इसके लिए

उन्होंने सबसे पहले कृषि सुधार के काम किए।

अहिल्याबाई ने किसानों को अनेक प्रकार की सहायता और प्रोत्साहन दिए। गाँव में तालाब और छोटी नहरों, पोखरों को विकसित किया। कपास और मसालों की खेती को प्रोत्साहित किया। लोगों को निःशुल्क जमीन उपलब्ध कराई, कृषि हेतु साधन उपलब्ध कराए, कृषकों को खेती करने के प्रशिक्षण दिए। किसानों को पशुपालन के लिए निःशुल्क गाय और बैल उपलब्ध कराए। उनके इस प्रकार के कृषि सुधार के प्रयास शीघ्र रंग लाए। जो लोग चोरी-चकारी में लगे रहते थे, वह सब सम्मानजनक कार्य मिलने से स्वाभिमान के साथ काम करने लग गए।

अहिल्याबाई ने कृषि विकास के काम में किसानों के लिए बीज और कौन सी फसल लगाना, इसका प्रशिक्षण किसानों को दिया था। विशेषकर गेहूँ के साथ कपास, तिलहन तथा मसालों की खेती करने के लिए उन्होंने किसानों को प्रोत्साहित किया था। स्थानीय कृषि और वनोपज के आधार पर कुटीर उद्योग को भी प्रोत्साहित किया था। उन्होंने खाली पड़ी जमीन को विकसित करने की योजना पर काम किया। भीलों और विशेषकर राजस्थान की घुमंतू जातियों के सुरक्षा दस्ते बनाए, उन लोगों को खाली पड़ी जमीन खेती करने के लिए उपलब्ध कराई। साथ ही लोगों की सुरक्षा का काम भी उन्हीं के सुपुर्द कर दिया था, उनके क्षेत्र में अगर किसी के साथ लूटपाट होगी तो उनका धन उससे ही वसूला जाएगा। उनकी इस योजना का काफी व्यापक असर हुआ। जो लोग चोरी-चकारी, लूटपाट करते थे, अब वही लोगों की सुरक्षा करने लगे थे। इस योजना से उनके राज्य में शांति स्थापित हो गई। उनके इन सदप्रयासों से इंदौर और महेश्वर का नाम पूरे देश में प्रचारित हो गया। मालवा राज्य एक समृद्ध राज्य के रूप में विकसित हुआ। स्वाभाविक रूप से इस समृद्ध राज्य की ओर व्यापारी आकर्षित होकर व्यापार करने आने लगे थे।

अहिल्याबाई ने अपनी राजधानी को केंद्र में रखकर महेश्वर को सक्षम

और समृद्ध बनाने के लिए अनेक स्थायी कार्य किए थे। उन्होंने अपने यहाँ वस्त्र उद्योग को बढ़ावा देने के लिए एक विशेष प्रकार के कपड़े और साड़ियों का निर्माण कराना प्रारंभ किया। महेश्वर की निर्मित साड़ी केवल अहिल्याबाई के राज्य में ही नहीं, बल्कि पूरे भारत देश में महेश्वरी साड़ी के रूप में प्रसिद्ध हो गई। अपने राज्य में निर्मित साड़ियों को प्रारंभ से ही अहिल्याबाई ने खरीदना प्रारंभ किया। उन्होंने अपने राज्य में निर्मित साड़ियों को विभिन्न राज्यों के राज्य नायकों, उनकी महिलाओं और अपने राज्य में आए हुए अतिथियों को उपहारस्वरूप देने की परंपरा प्रारंभ की, जिससे महेश्वर के वस्त्र उद्योग को बढ़ावा मिला। इस वस्त्र उद्योग हेतु हस्तकरघा (हैंडलूम) स्थापित करने के लिए उन्होंने अपने राज्य में देश के विभिन्न स्थानों से अनेक बुनकरों को आमंत्रित कर राज्य में आश्रय दिया। उनकी मूलभूत आवश्यकताओं को ध्यान में रखकर उन्हें मकान, धन आदि की सहायता उपलब्ध कराई और उन्हें महेश्वर में बसाया। इन बुनकरों की मदद से उन्होंने अपने नागरिकों को हस्तकरघा चलाने का प्रशिक्षण दिया। इससे स्थानीय नागरिकों को रोजगार उपलब्ध हुआ। उनके इन प्रयासों से आगे चलकर महेश्वर बुनकरों का बड़ा केंद्र बन गया। महेश्वर का कपड़ा और साड़ियाँ विशेष कलाकृति से बनाई गई थीं। इसलिए बहुत जल्द महेश्वर का यह वस्त्र उद्योग चल निकला।

अहिल्याबाई स्वयं महेश्वर में बने कपड़े और साड़ियों को पहनकर अपने कलाकारों का मान बढ़ाती थीं। उनके इस प्रकार से वस्त्र उद्योग को प्रोत्साहन, संरक्षण और सहयोग के कारण यह वस्त्र उद्योग प्रसिद्धि पा गया। बुनकरों का धंधा बहुत अच्छा चलने लगा था और वे आर्थिक दृष्टि से संपन्न और सुखी हो गए थे। इस वस्त्र उद्योग को स्थापित करने के कारण ही महेश्वर में पुरुषों के साथ-साथ महिलाओं को भी बड़ी मात्रा में रोजगार के साधन उपलब्ध हो गए थे।

अहिल्याबाई ने अपने राज्य के व्यापारियों के लिए प्रशासनिक प्रणाली

में काफी बदलाव किया था। अहिल्याबाई खुद भी अपने आचरण में इन सब बातों का पालन करती थीं। अहिल्याबाई स्वयं भी महेश्वर में बनी खादी की साड़ियाँ ही पहनती थीं। जो एक प्रकार से समाज के लिए भी संदेश ही था कि हमें अपने राज्य में बन रही वस्तुओं का ही उपयोग करना चाहिए। उनके इस प्रकार के आचरण के कारण राज्य में व्यापार को अत्यधिक बढ़ावा मिला था।

अहिल्याबाई के शासनकाल में महेश्वर का वैभव इतना फला-फूला कि न केवल भारत में राजनीतिक दृष्टि से बल्कि धर्म, शिक्षा, उद्योग, व्यापार और सांस्कृतिक गतिविधियों का भी वह केंद्र बन गया था। महेश्वर में बारह महीने मंदिर, भवनों के निर्माण का कार्य चलता रहता था। अहिल्याबाई ने दूर-दूर से कोष्टी, बुनकर, जुलाहे, वास्तु शिल्पी और कारीगरों को बुलवाकर उनको महेश्वर में बसाया था। उनको देश के तीर्थ स्थल पर किसी भी प्रकार के निर्माण कार्य की जरूरत महसूस होती या इसकी जानकारी प्राप्त होती तो वे तुरंत खासगी जागीर के अधिकारियों को वहाँ निर्माण की तैयारी के कार्य में सक्रिय कर देती थीं। इस तरह वास्तुकलाकारों, शिल्पकारों, मूर्तिकारों, चित्रकारों, बढ़ई, कारीगर और श्रमिकों को आसपास लगातार चलनेवाले निर्माण कार्यों ने खुशहाल और संपन्न बना दिया था।

देवी अहिल्याबाई ने शासन का संचालन अपने हाथ में लिया तब पूरे होल्कर राज्य की वार्षिक आय 75 लाख थी। लेकिन देवी की व्यापारिक नीति और सूझबूझ से उनके निर्वाण तक यह आय बढ़कर सवा करोड़ रुपए पहुँच चुकी थी। उनका प्रारंभिक शासन अराजकतापूर्ण था, लेकिन उनकी प्रशासनिक कुशलता से वह पूर्ण शांतिपूर्ण राज्य के रूप में विकसित हुआ। अहिल्याबाई की इस प्रकार की व्यापारिक नीति के कारण होल्कर राज्य देश के प्रमुख संपन्न राज्यों की श्रेणी में गिना जाने लगा था। उनके राज्य में इतना ऐश्वर्य झलकने के पश्चात् भी महेश्वर में देवी अहिल्याबाई का निवास राजवाड़ा 'सादा जीवन उच्च विचार' का ही प्रतीक बना रहा। मध्यम

ऊँचाई, साँवले वर्ण की, श्वेत परिधान में, अपने उन्नत ललाट पर चंदन बिंदु धारण किए, खिंची हुई राजसी भृकुटी के नीचे योगिनी जैसे दमकते विशाल नयन, तेजस्वी मुखमंडल, गले में चंदन-माला, आत्म-संकल्प के व्यक्तित्व वाली यह देवी जब अपनी धवल राजगद्दी पर विराजित होती, तब राजदरबार में उनकी गरिमा के सामने उपस्थित जन समुदाय श्रद्धावश स्वयमेव नतमस्तक हो जाते थे।

□

शिक्षा, साहित्य और कला

अहिल्याबाई होल्कर ने भारत की सांस्कृतिक परंपराओं पर ध्यान देकर भारत के मानबिंदुओं को पुनर्स्थापित करने का परम पुनीत कार्य किया था। उनके इन सांस्कृतिक धर्मार्थ कार्यों के कारण 300 वर्ष बीतने के पश्चात् आज भी जन-जन के हृदय में वे जीवित हैं। वे अपनी आधुनिक सोच के कारण ही मुगलकाल में पनपचुकी विकृतियों के विरुद्ध खड़ी हो सकी थीं। उन्होंने अपने शासनकाल में अनेक नियमों में परिवर्तन कर समाज में नव जागृति लाने का महत्त्वपूर्ण कार्य किया था। इसलिए वे भारत की प्राचीनता के साथ आधुनिकता के समावेश को स्वीकार करनेवाली महारानी बन सकीं।

अपनी आधुनिक सोच के कारण आनेवाले भविष्य की पीढ़ी का निर्माण करने के उद्देश्य से उन्होंने अपने राज्य में शिक्षा की उत्तम व्यवस्था की थी। अहिल्याबाई जानती थीं, जब तक समाज के लोगों के लिए शिक्षा सर्व सुलभ न होगी तब तक स्वावलंबी और स्वाभिमानी समाज तैयार नहीं होगा। उन्होंने एक विचार अपने सामने रखा—शिक्षित, सक्षम मनुष्य से शिक्षित और सक्षम समाज और शिक्षित, सक्षम समाज से ही शिक्षित और सक्षम राष्ट्र का निर्माण होगा। इसी बात को ध्यान में रखते हुए उन्होंने अपने राज्य में शिक्षा के लिए अनेक पाठशाला और गुरुकुल प्रारंभ किए थे। इन पाठशालाओं में प्रमुख रूप से धार्मिक व नैतिक शिक्षा धार्मिक ग्रंथों और कहानियों के माध्यम से दी जाती थी।

अहिल्याबाई ने अपने राज्य के भौगोलिक क्षेत्र का ध्यान रखकर शिक्षा प्रारंभ की थी। उनके राज्य के भौगोलिक क्षेत्र में महाराष्ट्र, मालवा और राजस्थान का क्षेत्र आता था। इसलिए अपने राज्य में त्रिभाषा सूत्र का प्रारूप बनाकर कार्य किया। अहिल्याबाई ने अपने त्रिभाषा सूत्र में संस्कृत, हिंदी और मराठी ये तीन भाषाएँ सम्मिलित की थीं। संस्कृत भाषा में भारत की संपूर्ण ज्ञान परंपरा समाहित थी और भारत के धर्मशास्त्र का ज्ञान भंडार संस्कृत में ही भरा पड़ा था। इसलिए उन्होंने संस्कृत भाषा पढ़ाने की व्यवस्था की थी। संस्कृत भाषा पढ़ाने के लिए उन्होंने काशी से विद्वान् ब्राह्मणों को अपने यहाँ बुलाकर आश्रय दिया था।

अहिल्याबाई की मातृभाषा मराठी थी, वे स्वयं भी मराठी में पत्राचार किया करती थीं। पेशवा के आज्ञा-पत्र भी मराठी में लिखे जाते थे। उन दिनों राजकाज की भाषा एक तरह से मराठी ही थी। अहिल्याबाई के राज्य का एक हिस्सा महाराष्ट्र मराठीभाषी था। इन सब बातों का ध्यान रखकर मराठी शिक्षा के लिए उन्होंने पुणे से विद्वानों को महेश्वर बुलाया था। होल्कर राज्य का एक बड़ा हिस्सा हिंदीभाषी था। इसलिए उन्होने अपनी तीसरी भाषा के रूप में हिंदी को रखा था और हिंदी के लिए उन्होंने स्थानीय विद्वानों का चयन किया था। उन्होंने इन तीनों भाषाओं के विद्वानों को काशी, पुणे और स्थानीय स्तर पर बुलाकर उन्हें महेश्वर में बसाया था और इन विद्वानों के माध्यम से शिक्षा की उत्तम व्यवस्था की गई थी। अहिल्याबाई द्वारा यह त्रिस्तरीय शिक्षा व्यवस्था निचले स्तर तक लागू की गई थी। इसका समन्वय राज्य स्तर के विद्वानों द्वारा किया जाता था।

पिछले अध्याय में हमने पढ़ा है कि अहिल्याबाई को पुस्तकीय ज्ञान बहुत कम प्राप्त हुआ था, किंतु बचपन से ही उनकी ईश्वर निष्ठा के कारण धार्मिक ग्रंथों का प्रतिदिन पाठ करना और उनका श्रवण करना उनके जीवन का अंग बन गया था। उन्होंने अपने पास श्रेष्ठ धार्मिक ग्रंथों को संगृहीत कर एक विशाल ग्रंथालय तैयार किया था। इसमें अनेक दुर्लभ पुस्तकों का भंडार

था, उसमें प्रमुखतः निर्णय सिंधु, द्रोणपर्व, ज्ञानेश्वरी, मथुरा महात्म्य, मुहूर्त चिंतामणि, वाल्मीकि रामायण, पद्म पुराण, श्रावण मास महात्म्य आदि ग्रंथों की हस्तलिखित प्रतियाँ रखी गई थीं।

धर्मशास्त्र, कर्मकांड, वेदांत, साहित्य, व्याकरण, पूजन-कीर्तन, ज्योतिष, वैद्यक आदि विद्याओं के जाने-माने पंडितों को देश भर से अहिल्याबाई ने आमंत्रित कर महेश्वर में बसाया था। उन पंडितों की संपूर्ण व्यवस्था देवी राज्य की ओर से किया करती थीं। अहिल्याबाई ने संपूर्ण भारतवर्ष के विभिन्न प्रदेशों से विद्वानों को अपनी राजधानी महेश्वर में राज्य की ओर से स्थायी रूप से बसने के लिए, उन्हें वंशानुगत जागीरें प्रदान की थीं, जिससे वे अपने जीवनयापन हेतु इधर-उधर भ्रमण करने के स्थान पर एक जगह रहकर समृद्ध साहित्य का निर्माण कर सकें। अहिल्याबाई ने तेलंगाना, गुजरात संगमनेर, रत्नागिरि तथा नर्मदा के तट पर निवास करनेवाले विभिन्न विषयों के विद्वानों को महेश्वर में एकत्रित किया। उन्होंने जिन विद्वानों को अपने यहाँ एकत्रित किया, उनमें मल्हार भट्ट मुल्ये, जानोबा पुराणिक, रामचंद्र रानाडे, काशीनाथ शास्त्री, दामोदर शास्त्री, निहिल भट्ट, भैया शास्त्री ऋग्वेदी, गोटू शास्त्री, मनोहर बर्वे, बलीरामजी, गणेश भट्ट, त्रियंबक भट्ट, महंत सुजान गिरि, गोसावी त्रियंबक, बुआ हरिदास, आनंदरामजी, गोविंदराम पांडे, बालकृष्ण भट्ट जोशी, दाजी रघुनाथ तथा गणेशराम आदि प्रमुख थे।

अहिल्याबाई ने अनेक लोगों को पुराण वाचन व धर्मग्रंथों के लेखन के लिए नियुक्त किया था। उस समय पुस्तकों की छपाई की व्यवस्था नहीं थी, इसलिए बड़ी संख्या में लोग धर्मग्रंथों की प्रतिलिपि तैयार करने का कार्य किया करते थे। देवी द्वारा उन्हें पारिश्रमिक भी दिया जाता था, इसलिए महेश्वर में धर्मग्रंथों की प्रतिलिपियाँ तैयार करने का व्यवसाय जोरों से चल पड़ा था। इसलिए उस कालखंड में कई मौलिक ग्रंथों की रचनाएँ हुईं, साथ ही बहुत से पुरातन ग्रंथों की प्रतिलिपियाँ बनवाई गई थीं। इनमें खुशालीराम कृत 'अहिल्या कामधेनु' तथा इंदौर संग्रहालय में संरक्षित बहुत से ग्रंथ उल्लेखनीय हैं। देवी

अहिल्याबाई अपने यहाँ समय-समय पर आनेवाले अतिथियों को इन धर्मग्रंथों को भेंटस्वरूप दिया करती थीं।

अहिल्याबाई बहुत कम पढ़ी-लिखी होने बाद भी असीम बौद्धिक क्षमता की धनी थीं। विद्वानों को उनकी प्रतिभा के अनुसार दरबार में मान-सम्मान देना उनका स्थायी स्वभाव था। संस्कृत के विद्वान् खुशालीराम को उन्होंने राज्याश्रय दिया था, जिन्होंने अहिल्याबाई से प्रेरित होकर 'अहिल्या कामधेनु' नाम के एक संस्कृत ग्रंथ की रचना की थी। ऐसे ही मराठी के सुप्रसिद्ध कवि मोरोपंत जब अहिल्याबाई की ख्याति सुनकर महेश्वर आए तो उन्होंने उनका बड़ा सम्मान किया था। संगमनेर से लावणी, फूहड़ो और तमाशों के लिए जाने-माने सुप्रसिद्ध गायक अनंतफंदी भी जब अहिल्याबाई से मिलने महेश्वर आए, तो देवी ने उन्हें यथोचित सम्मान देते हुए उनका मार्गदर्शन किया था। इस प्रकार अनेक कवियों और लेखकों को उन्होंने अपने यहाँ आश्रय देकर साहित्य व साहित्यकारों को प्रोत्साहित किया था। देवी अहिल्याबाई समय-समय पर विद्वानों, लेखकों, कवियों, कथाकारों व कीर्तनकारों को वस्त्र और पुरस्कार आदि देकर सम्मानित किया करती थीं। विद्वानों और साहित्यकारों को सम्मानित करने के साथ ही संरक्षण और राज्याश्रय मिलने से महेश्वर नगरी देश भर के विद्वानों के लिए आकर्षण का केंद्र बन गई थी। इस आकर्षण के कारण दूर-दूर के विद्वान् महेश्वर में चले आते थे और देवी द्वारा यथोचित सम्मान व आश्रय पाते थे।

देवी स्वयं भी मराठी, संस्कृत, हिंदी व मालवी भाषा को लिख-पढ़ व बहुत अच्छे से समझ लेती थीं। उनके द्वारा विशेष अवसरों पर संबंधित व्यक्तियों से किया गया पत्राचार अनूठा है। यह पत्र साहित्य की अमूल्य निधि है। इन पत्रों की भाषा, शैली, अर्थ व महत्त्व असाधारण है। ये पत्र उनकी गंभीरता, राजनीति व महानता का स्पष्ट दर्शन कराते हैं। उन्होंने तत्कालीन हिंदी व मालवी भाषा में भी कुछ पत्र लिखे थे।

भारत की धार्मिक नगरी काशी में देवी ने अनेक धार्मिक कार्य किए थे।

हम पिछले अध्याय में पढ़ चुके हैं कि उन्होंने काशी में परोपकारी कार्य करने के लिए राज्य अधिकारी को नियुक्त किया था। काशी नगरी में विद्वान् ब्राह्मणों के लिए अहिल्याबाई ने ब्रह्मपुरी नाम का एक मोहल्ला बसाया था। जहाँ सादा जीवन व उच्च विचारोंवाले धर्मशास्त्रों के ज्ञाता विद्वान् ब्राह्मणों को देश भर से निमंत्रित कर देवी ने बसाया था। होल्कर राज्य की ओर से उन विद्वान् ब्राह्मणों को सभी प्रकार की सुविधाएँ प्रदान की गई थीं, ताकि वे विद्वान् ब्राह्मण समस्त चिंताओं से मुक्त होकर वेद-शास्त्रों के अध्ययन-मनन में सतत संलग्न रह सकें। ये विद्वान् ब्राह्मण ब्रह्मपुरी में अध्ययन-अध्यापन के साथ धार्मिक ग्रंथों का निर्माण भी किया करते थे। एक तरह से ब्रह्मपुरी मोहल्ला एक विशाल आश्रम के समान था।

समाज जीवन को सुंदर-सुखमय बनाना है, तो उसमें रंग भरना बहुत अनिवार्य रहता है। किसी भी देश की सभ्यता और संस्कृति में रंग भरने का कार्य उस देश में विकसित साहित्य, कला, संगीत आदि के द्वारा होता है। इस तरह हम देखते हैं कि देश की संस्कृति का प्रकटीकरण साहित्य, कला और संगीत के माध्यम से होता है। यह भी सत्य है कि यदि समाज में यह सब न हो तो व्यक्ति के जीवन में आनंद के स्थान पर बोझिलता हावी हो जाएगी। फिर अहिल्याबाई जैसी महारानी, जिसके हृदय में तो भारत का धर्म और संस्कृति कूट-कूटकर समाई थी तो उनके द्वारा अपने राज्य में भारत की संस्कृति और परंपरा को आगे बढ़ाना स्वाभाविक था। इसलिए उन्होंने समस्त कलाओं एवं विद्याओं का अपने 'स्व' के आधार पर संपूर्ण देश में पहुँचाया था। देवी अहिल्याबाई से पूर्व भी मानव समाज के स्वस्थ, सुखमय जीवन व सर्वांगीण प्रगति के लिए कलाओं को सब तरह का आश्रय व प्रोत्साहन देने का कार्य होता रहा था। भारत में राजा के कर्तव्य में कहा गया है, वह स्वयं रस मर्मज्ञ हो तथा समस्त रसों एवं कलाओं को जीवन में प्रोत्साहन देनेवाला हो। अहिल्याबाई ने राजा के इस कर्तव्य का अक्षरशः पूर्ण रूप से पालन किया था। उन्होंने अपने शासनकाल में कलाओं व कलाकारों को संरक्षण व

प्रोत्साहन प्रदान किया था। इसलिए उनके शासनकाल में महेश्वर मूर्तिकला, साहित्य, संगीत, उद्योग और शिल्प के क्षेत्र में देश का सुप्रसिद्ध स्थल बन गया था।

आज से लगभग तीन सौ वर्ष पहले महेश्वर में वस्त्र उद्योग की स्थापना कर उसे सब तरह की सुविधाएँ, प्रोत्साहन व सहयोग देकर देवी अहिल्याबाई ने भारतीय उद्योग व कला-कौशल को अभूतपूर्व व क्रांतिकारी मार्गदर्शन प्रदान किया था। इस विषय में पूर्व में हम विस्तृत रूप से पढ़ चुके हैं। महेश्वर में निर्मित साड़ी की विशेषता यह है कि साड़ी की किनारी की बनावट महेश्वर के मंदिर और वहाँ के भवनों से ही ली जाती है। इस प्रकार से उनका वस्त्र उद्योग एक क्रांतिकारी एवं चमत्कारिक पहल थी, जो उस भीषण अराजकतापूर्ण समय में कला को आश्रय व नवजीवन प्रदान कर गया।

अहिल्याबाई ने देश के प्रायः समस्त तीर्थ स्थानों में विशाल मंदिर, घाट एवं धर्मशालाएँ बनवाई थीं। अनेक मंदिरों का जीर्णोद्धार कर उनमें मूर्तियों की प्राण प्रतिष्ठा की थी। अपने स्वर्गीय पारिवारिक कुंटुंबियों की छत्रियों का निर्माण कराया था। देश भर में असंख्य कुओं-बावड़ियों और अनेक मार्गों का निर्माण कार्य कराया। देवी अहिल्याबाई की देखरेख में उनके निमार्ण और लोकोपकारी कार्य सतत् चलते रहते थे। इसलिए उन दिनों एक लोकोक्ति सर्वत्र प्रसिद्ध हो गई थी कि 'अहिल्याबाई के राज्य में छेनी-हथौड़े कभी बंद नहीं होते।' इन मंदिरों, घाटों व भवनों आदि का निर्माण राष्ट्र के पुनरुत्थान की दृष्टि से अत्यंत महत्त्वपूर्ण था।

देश भर में सदैव चलनेवाले निर्माण कार्यों के लिए अहिल्याबाई ने चुने हुए कुशल शिल्पियों व कारीगरों को एकत्रित कर उन्हें राज्याश्रय प्रदान किया था। इन कारीगरों का एक समृद्ध केंद्र महेश्वर बन गया था। उन्होंने जयपुर से अनेक कुशल कारीगरों को बुलाकर उनके द्वारा अनेक सुंदर मूर्तियों का निर्माण कराया था।

कुशल कारीगरों, श्रेष्ठ मूर्तिकारों व अन्य कलाविदों को उनके वेतन के अतिरिक्त विभिन्न प्रकार के पुरस्कार और भेंट आदि अहिल्याबाई द्वारा दिए जाते थे। विशेष अवसरों पर इन कलाकारों को सम्मानित किया जाता था। देवी के प्रोत्साहन एवं उनके द्वारा किए कार्यों से भारत की शिल्प कला को नवजीवन प्राप्त हो गया था। अहिल्याबाई के द्वारा निर्मित मंदिर, घाट अत्यंत कलापूर्ण व दर्शनीय हैं, जो भारत की वास्तुकला के अनुपम उदाहरण हैं।

मुगलों के आक्रमण के कारण उत्तर भारत के अधिकांश मंदिरों व मूर्तियों को मुसलमानों द्वारा खंडित एवं नष्ट-भ्रष्ट कर दिया गया था। देवी अहिल्याबाई ने इन खंडित मंदिरों का जीर्णोद्धार तथा टूटे मंदिरों के स्थान पर नवीन मंदिरों का निर्माण कराया था। देवी अहिल्याबाई यदि इन मंदिरों का जीर्णोद्धार नहीं करातीं तो भारत के इन तीर्थस्थानों को पुनः प्रतिष्ठा प्राप्त नहीं हो पाती। संस्कृत एवं संस्कृति को आश्रय नहीं देतीं तो आज संस्कृति जहाँ है, वहाँ नहीं होती। भारतीय शिल्पियों व कला-कौशल को सहयोग नहीं देतीं तो आज भारत का चित्र कुछ और ही होता। उन्होंने शिक्षा, साहित्य और कला के कार्यों को प्रोत्साहन देकर वास्तव में भारत के पुनःनिर्माण का महान् कार्य किया था।

□

नारी सम्मान

लोकमाता, अवतार और देवी की उपमाओं से विभूषित अहिल्याबाई का व्यक्तित्व उन्हें संसार में सबसे अलग पहचान दिलाता है। वैसे तो देवी अहिल्याबाई से पूर्व और उनकी मृत्यु के पश्चात् देश में अनेक रानियाँ-महारानियाँ हुई हैं, लेकिन देवी अहिल्याबाई जैसा दुर्लभ व्यक्तित्व किसी और का नहीं रहा। इतने वर्ष बीतने के पश्चात् भी देवी अहिल्याबाई लोगों के बीच श्रद्धापूर्वक याद की जाती हैं। उनकी शांत, सरल और साध्वी जैसी जीवन शैली, दृढ़ प्रतिज्ञ शासक और लोक कल्याणकारी राष्ट्रव्यापी चिंतन दुनिया में संभवत: अकेला उदाहरण है। उनका स्वयं का आचरण और उनके द्वारा बनाई गई शासन व्यवस्था संसार भर के इतिहासकारों को अपनी ओर आकर्षित करती है। देवी की मृत्यु के पश्चात् महेश्वर आए यूरोपीय शोधकर्ता सर जॉन मैल्कम ने देवी के विषय में अपनी पुस्तक 'The Memory of Central India' में लिखा है—"अहिल्याबाई की असाधारण क्षमता ने उन्हें अपनी प्रजा और नाना फडणवीस सहित अन्य मराठा संघियों का सम्मान दिलाया था। मालवा के स्थानीय निवासियों के साथ उनका नाम पवित्र है और उन्होंने अवतार या दिव्यता के अवतार की उपाधि धारण की है। गंभीर दृष्टि से उसके चरित्र को ध्यान में रखते हुए वे निश्चित रूप से, अपने सीमित क्षेत्र के भीतर, अब तक के सबसे शुद्ध और सबसे अनुकरणीय शासकों में से एक प्रतीत होती हैं।" इस तरह से एक महिला शासक होने के बावजूद देवी ने इतिहास के पन्नों में अपने आचरण की छाप स्वर्ण अक्षरों में अंकित की है।

"यत्र नार्यस्तु पूज्यन्ते रमन्ते तत्र देवताः।
यत्रैतास्तु न पूज्यन्ते सर्वास्तत्राफलाः क्रियाः॥"

यह पंक्ति मनुस्मृति के तीसरे अध्याय के छप्पनवें श्लोक में मिलती है। इसका अर्थ है कि जहाँ महिलाओं की पूजा होती है, वहाँ देवता निवास करते हैं और जहाँ महिलाओं की पूजा नहीं होती, वहाँ किए गए सभी अच्छे काम निष्फल हो जाते हैं। ये बातें नारी के मातृत्व और ईश्वर द्वारा उनको प्राप्त विशेष गुणों से प्रेरित हैं। देवी अहिल्याबाई ने अपने व्यक्तित्व और कृतित्व से इन पंक्तियों को सार्थक कर दिया। अहिल्याबाई ने जब शासन की बागडोर अपने हाथ में ली, उस समय नारी बहुत ही उपेक्षित अवस्था में थी, लेकिन देवी ने नारी सम्मान को प्राथमिकता पर रखकर उनको समाज में प्रतिष्ठित किया।

अहिल्याबाई अतिसंवेदनशील और भावना प्रधान नारी का प्रतिनिधित्व करती हैं। महिलाओं के सम्मान और अधिकार के प्रति देवी जागरूक और अति संवेदनशील थीं। इसलिए जब कोई महिला किसी विषय को लेकर देवी के पास आती तो वे इस बात का हमेशा ध्यान रखती थीं कि उस समय वहाँ कोई पुरुष उपस्थित न हो। उनकी इस भावना का दरबार के सभी लोग सम्मान करते थे और जब महिलाएँ उन्हें अपनी समस्या बताने आतीं तो पुरुष स्वयं बाहर चले जाते थे। यदि कोई भेंटकर्ता पुरुष वहाँ उपस्थित रह जाता तो देवी स्वयं उसे बाहर चले जाने को बोल देती थीं। देवी के इस आत्मीयतापूर्ण व्यवहार के कारण महिलाएँ केवल अपनी समस्या ही नहीं बताती थीं, बल्कि अपने व्यक्तिगत और भावनात्मक विषयों को भी निस्संकोच उनके सामने रख पाती थीं। देवी ने महिलाओं की शासन में सहभागिता को बढ़ाने के लिए अपनी निजी सेवा में महिला सेविका को ही नियुक्त किया था।

देवी अहिल्याबाई अन्य महिलाओं की अपेक्षा अपने व्यक्तिगत जीवन में अति संवेदनशील थीं। जब भी वे तीर्थयात्रा अथवा किसी सार्वजनिक स्थल पर जाती थीं, तो वे वहाँ रहनेवाली महिलाओं से अवश्य मिला करती

थीं। महिलाएँ अपनी समस्या बताने जब उनके पास आतीं तो अक्सर उनके पैरों पर गिरकर प्रार्थना करने का प्रयास करती थीं। जिसे देवी अहिल्याबाई बिल्कुल पसंद नहीं करती थीं। वे उन महिलाओं को अपने हाथों का सहारा देकर उठाती थीं, उनके सिर पर हाथ फेरकर ढाढ़स बँधाती और स्वाभिमान से जीने की सीख देती थीं। वे उनको कहती थीं कि घर के बड़ों के चरण छूकर उनसे आशीर्वाद लो, लेकिन समस्या के समाधान के लिए किसी के पैरों में क्यों गिरती हो। यदि कोई महिला रोने लगती तो अहिल्याबाई उसे स्नेह से चुप करातीं और कहतीं, "अपने आँसुओं को सँभालकर रखो एवं इनका उचित समय और स्थान पर उपयोग करो।" महिलाओं की व्यक्तिगत समस्याओं को सुनने के पश्चात् वे उन्हें ढाढ़स बँधाती और राज्य से संबंधित समस्याओं के निराकरण के लिए अपने राज्य अधिकारियों को निर्देश देतीं। उनके पास अधिकांश महिलाएँ आर्थिक सहयोग की अपेक्षा से आया करती थीं, लेकिन अहिल्याबाई ने उन महिलाओं को कभी खाली हाथ नहीं लौटाया था।

मुगलकाल में महिलाओं की स्थिति बड़ी दयनीय थी, उनको न तो कोई सम्मान प्राप्त था और न अधिकार। उस कालखंड में एक ऐसा कानून प्रचलित हो गया था, जिसके अनुसार पति की मृत्यु होने पर यदि उसे कोई संतान नहीं है तो उसकी संपत्ति उसकी विधवा पत्नी को नहीं मिलती थी। परिवार में यदि अकेली माँ, पत्नी और बहन हो तो उसका पुत्र, पति या भाई की संपत्ति पर कोई अधिकार नहीं होता था। उसकी संपत्ति शासन के अधिकार में चली जाती थी। मुगलों के अधीन रियासतों का यह प्रचलित कानून था। मुगल शासन कमजोर होने के पश्चात् भी यह परंपरा चलन में बनी रही, लेकिन अहिल्याबाई ने महिलाओं के अधिकारों का ध्यान रखते हुए इस नियम को बदल दिया। पति की मृत्यु या संतान के न होने पर भी अकेली महिला को संपत्ति और भूमि रखने का अधिकार दे दिया था।

अहिल्याबाई को यदि कहीं लगता कि उनका प्रशासन किसी महिला की समस्या के निराकरण में लापरवाही कर रहा है तो वे स्वयं इसका संज्ञान लेकर

कड़ी कारवाई किया करती थीं। ऐसी ही एक घटना में उन्हें सूचना मिली कि एक विधवा महिला ने किसी बच्चे को गोद लिया है। इस बच्चे के नाम भूमि नामांतरण करने के बदले उनके एक मंत्री ने उस महिला से धन माँगा है। साथ ही उस महिला ने मंत्री को अपने कुछ गहने भी दिए हैं। देवी ने तुरंत इस सूचना का सत्यापन कराया और मंत्री को निष्कासित कर दिया।

अहिल्याबाई ने विधवा महिलाओं को यह अधिकार दिया कि वे पति की पुश्तैनी संपत्ति की उत्तराधिकारी होंगी, साथ ही आवश्यकता पड़ने पर वे अपनी इच्छानुसार उसका उपयोग कर सकेंगी। यदि वे उसे बेचना या दान आदि के सेवा कार्य में लगाना चाहें तो उसके लिए वे स्वतंत्र होंगी। महारानी अहिल्याबाई द्वारा महिलाओं को दिए गए इस अधिकार से जन कल्याण और धार्मिक कार्य भी तेज गति से बढ़े। ऐसी कई अकेली महिलाओं ने संपत्ति का अधिकार मिलने के बाद अपने धन से अनेक पवित्र कार्य किए, उन्होंने देवी से प्रेरित होकर घाट तथा मंदिरों में गरीबों के लिए अन्न-क्षेत्र चलाए थे।

उन दिनों विधवा विवाह प्रतिबंधित था, लेकिन देवी ने अपने सामाजिक सुधारों में महिलाओं के पुनर्विवाह की परंपरा आरंभ की थी। देवी अहिल्याबाई ने स्वयं भी एक विधवा महिला का विवाह संपन्न कराया था।

आज जब नारी सशक्तीकरण की चर्चा जोरों पर रहती है तो देवी अहिल्याबाई को याद किया जाना स्वाभाविक है। उन्होंने आज से तीन सौ वर्ष पूर्व नारी सशक्तीकरण की दृष्टि से अनुकरणीय कार्य किए थे। उन्होंने अपने अनुभव के आधार पर नारी को सामाजिक सम्मान और सुरक्षा प्रदान की थी। अपने चिंतन के आधार पर अनुभव किया था, नारी कितनी सशक्त है? वह क्या-क्या कर सकती है? कैसे कर सकती है? उन्होंने अपने स्वयं के जीवन को उदाहरण के रूप में सबके सामने रखा है।

देवी अहिल्याबाई ने नारी सम्मान और सुरक्षा की दिशा में अनेक महत्त्वपूर्ण कार्य किए थे। शिवाजी महाराज ने महिला सुरक्षा की दृष्टि से

महाराष्ट्र के गाँव-गाँव में इस प्रकार की महिला टोलियाँ बनाई थीं। जिसे बचपन में स्वयं देवी ने अपने गाँव चौंडी में नारी सुरक्षा टोलियों के आत्मरक्षा के प्रशिक्षणों को देखा था। महाराष्ट्र की इसी व्यवस्था से प्रेरित होकर देवी अहिल्याबाई ने यह व्यवस्था अपने राज्य में भी प्रारंभ की थी। भारत में नारी सम्मान को प्राथमिकता भारतीय वाङ्मय में वैदिक काल से ही रही है, लेकिन मध्यकाल में मुगल आक्रमणों के चलते इन विचारों में बहुत गिरावट आई। मुगल आक्रांताओं ने संपत्ति के साथ-साथ महिलाओं को भी अपना निशाना बनाया। इस अपमान और अपनी इज्जत बचाने के लिए भारतीय वीरांगनाओं ने उत्तर और मध्य भारत में जौहर प्रथा का आरंभ किया। इसलिए प्रारंभ में शिवाजी महाराज ने सैनिक परिवारों की महिलाओं को आत्मरक्षा का प्रशिक्षण देना आरंभ किया था। इसी बात का ध्यान रखते हुए अहिल्याबाई ने उसी तरह प्रारंभ में पाँच सौ महिलाओं की एक छोटी नारी सेना को तैयार किया था। उनके महल और निजी सुरक्षा में महिला सुरक्षा सैनिकों की टोलियाँ ही तैनात रहा करती थीं।

अपनी इस नारी सेना को उन्होंने युद्धकला का बुनियादी प्रशिक्षण एवं घुड़सवारी सिखाई थी। युद्ध की स्थिति में अहिल्याबाई स्वयं भी अपने पसंदीदा सफेद हाथी पर सवार होकर युद्ध मैदान में उपस्थित हो जाती थीं। पिछले अध्याय में हम उनकी कठोरता और नारी सेना के संबंध में पढ़ चुके हैं, जब पुत्र मालेराव की मृत्यु होने के पश्चात् राघोबा मालवा के राज्य पर कब्जा करने आया तो अहिल्याबाई ने उसे अपनी इसी महिला सेना का डर दिखाकर राघोबा को पीछे हटने पर मजबूर कर दिया था। अपनी इसी पाँच सौ की नारी सेना के बल पर युद्ध करने की घोषणा कर ललकार भरी थी, जिसे सुनकर राघोबा भी थर्रा उठा था। राघोबा को तो उम्मीद ही नहीं थी कि जिस विधवा को वह पेशवा की ताकत दिखाकर डराने आया था, घुटने के बल झुकाने आया था, वह उसे युद्ध मैदान में ललकारेगी और वह महिला उस पर ऐसा दबाव भी बना सकती है। अंततः राघोबा ने हालात सँभालने के लिए

प्रचार किया कि वह तो देवी अहिल्याबाई के बेटे की मृत्यु पर शोक प्रकट करने आया है।

भारत के सुप्रसिद्ध विद्वान् इतिहासकार रायबहादुर चिंतामणी विनायक वैद्य अहिल्याबाई के विषय में लिखते हैं कि "यह लोकोत्तर महिला अपने सद्गुणों के कारण महाराष्ट्र के लिए ही नहीं, बल्कि समूची मानव जाति के लिए भूषण रूप हुई है। उनकी बुद्धिमत्ता इतनी व्यापक थी कि वे प्रत्येक कार्य में होशियार व निपुण थीं। उनकी धार्मिकता इतनी उदार थी कि धर्म व नीति के हर क्षेत्र में उन्होंने अपना नाम अजर-अमर कर लिया। उनका दान धर्म इतना प्रचंड था कि वैसा दान धर्म आज तक हिंदुस्तान में किसी ने भी नहीं किया। उनका न्याय इतना सही होता था कि साहूकार और चोर दोनों उन्हें आशीर्वाद देते थे। वे किसी को भी अपनी प्रशंसा या चाटुकारिता करने ही नहीं देती थीं। उनकी धाक इतनी कड़ी थी कि उनकी आज्ञा के बिना किसी ने कभी कुछ किया हो या किसी ने उनका निरादर किया हो, ऐसा कभी हुआ ही नहीं। मराठा साम्राज्य की सत्ता के प्रति उनकी बुद्धि इतनी आदरयुक्त रही कि उन्होंने सदैव उसका समर्थन ही किया। बराबरी के सरदारों के प्रति उनका प्रेम सदैव इतना निर्मल था कि उन्होंने सभी के लिए मंगलकामना ही की। उनका निर्लोभ मन इतना विशाल था कि उन्होंने न तो कभी किसी दूसरे का राज्य हड़पने की इच्छा की और न कभी अपनी प्रजा या अधिकारियों से अन्यायपूर्वक कुछ लिया। जीव मात्र के प्रति उनकी दया इतनी व्यापक थी कि उन्होंने अपने नित्य के व्यवहार में पशु-पक्षियों तक को भी नहीं भुलाया। अपनी प्रजा पर उनका इतना प्रेम था कि वे उन्हें अपनी संतान ही मानती थीं।"

अहिल्याबाई बुद्धिमान, तीक्ष्ण-सोच, साहस और अद्भुत नेतृत्व क्षमतावाली महारानी थीं। उनके अपनी प्रजा और धर्म के लिए किए गए कार्यों के कारण लोग उन्हें आज भी अपनी स्मृति में सहेजे हुए हैं। अहिल्याबाई एक महिला शासक होने के वाबजूद 28 वर्षों तक जनता के बीच अत्यंत सम्माननीय एवं लोकप्रिय शासक के रूप में कार्य करती रहीं। इतने वर्ष बीतने

के पश्चात् आज भी मध्य प्रदेश के मालवा और महाराष्ट्र के कुछ क्षेत्रों में उन्हें सम्मान से 'राजमाता' एवं 'देवी' के रूप में संबोधित किया जाता है। देवी अहिल्याबाई का जीवन केवल महिलाओं के लिए ही नहीं, बल्कि संपूर्ण मानव समाज के हर वर्ग के लिए प्रेरणाप्रद है।

□

माँ अहिल्याबाई होल्कर का आवास महेश्वर

माँ अहिल्याबाई होल्कर का राजदरबार महेश्वर

प्रसिद्धि पराङ्मुख

भारत के महापुरुषों ने कभी भी अपनी खोजों, आविष्कारों, जीवन मूल्यों और मानव सभ्यता के लिए किए गए अपने कार्यों का श्रेय लेने का कार्य नहीं किया। भारत के साधु-संतों, महंतों और महापुरुषों ने इन मानव विकास के आविष्कारों पर अपना अधिकार नहीं जताया। उन्होंने मानव सेवा के लिए अपने द्वारा की गई खोजों को अपने नाम न कराते हुए, उसे समाज को समर्पित कर दिया। वास्तव में उन्होंने स्वयं की प्रसिद्धि से दूर रहते हुए समाज पर उपकार किया है। वर्तमान समय में लोग अपने छोटे-छोटे कार्य करने पर प्रसिद्धि पाना चाहते हैं। फोटो खिंचवाना, समाचार-पत्र में नाम देना और सोशल मीडिया पर इन कार्यों को साझा करना और उस पर लोगों की प्रतिक्रिया जानने को उत्सुक रहना, यही बातें ज्यादा प्रचलित हो गई हैं। इससे पता चलता है कि वे यह कार्य सेवा के लिए नहीं, खुद की लोकेषणा को तुष्ट करने के लिए कर रहे हैं। जबकि यह कार्य उन्हें समाज के कल्याण के लिए करना चाहिए। राष्ट्रीय स्वयंसेवक संघ के चतुर्थ सरसंघचालक परम पूज्य सुदर्शन जी अक्सर अपनी बैठकों और कार्यक्रमों में कहा करते थे—

"वृत्तपत्र में नाम छपेगा, पहनूँगा स्वागत समुहार।
छोड़ चलो यह क्षुद्र भावना, हिंदू राष्ट्र के तारण हार।
कंकर-पत्थर बनकर हमको, राष्ट्र नींव को भरना है।
ब्रह्म तेज के क्षात्र तेज के, अमर पुजारी बनना है॥"

इस पवित्र भावना को लेकर माँ अहिल्याबाई ने अपने सभी कार्य समाज को समर्पित किए। ये लोकोपकारी कार्य उन्होंने अपने नाम न कराते हुए समाज के नाम कर दिए। वैसे भी भारत की यही परंपरा रही है, 'नेकी कर दरिया में डाल' अर्थात् लोगों की भलाई करो और उनसे अपने लिए किसी लाभ की उम्मीद मत करो।

अहिल्याबाई के विचारों के विपरीत सामान्यत: राजपरिवारों में अपने स्वयं के गुणगान सुनने की परंपरा रही थी। भारत के इतिहास को जब हम खँगालते हैं, तो ध्यान में आता है कि अधिकांश राजा-महाराजाओं के यहाँ कवि, चारण, भाट और साहित्यकार आश्रय पाते थे। वे राजा-महाराजाओं का यशोगान करते थे और राजपरिवार के लोग अपनी यशगाथा को सुन-सुनकर आनंदित होते थे। अपनी प्रसिद्धि का जयगान सुनकर वे उनको पुरस्कार, उपहार देते थे। इस प्रकार इन राजाओं के आसपास ऐसे ही गुणगान और चापलूसी करनेवाले भाटों का बोल-बाला रहता था। जब कोई उन्हें समाज की वास्तविक स्थिति और सत्य से अवगत कराना चाहता तो वे उनको षड्यंत्रकारी और अपना विरोधी मान लेते थे। इतिहास में घनानंद जैसे कई राजा हुए हैं, जिनका इन चापलूसी करनेवालों के कारण पतन हुआ है। ऐसे प्रसंगों से दुनिया का इतिहास भरा पड़ा है।

इतिहास में ऐसे भी कई राजा हुए हैं, जो प्रसिद्धि पराङ्मुख रहे हैं। उनमें सबसे आदर से जिनका नाम लिया जाता है, वे देवी अहिल्याबाई होल्कर हैं। वास्तव में वह 'प्रसिद्धि पराङ्मुख' थी। वे अपने सभी कार्य ईश्वर का कार्य मानकर पूजा के समान किया करती थीं। इसलिए उनका मानना था, मेरी जय-जयकार के स्थान पर ईश्वर का प्रचार होना चाहिए। अगर हम भारत की शासक महिलाओं के बारे में विचार करें तो इतनी सादगी से भरा जीवन और अपने राज्य क्षेत्र को सुरक्षित, समृद्ध और शांत बनाने का ऐसा उदाहरण और कोई नहीं है।

देवी अहिल्याबाई का विद्वान् ब्राह्मणों से धर्मशास्त्र सुनने का प्रतिदिन का

क्रम था। वे यह भी देखती थीं, उनका आचरण धर्मशास्त्र अनुसार है या नहीं। अहिल्याबाई वास्तव में गीता के द्वितीय अध्याय के 47वें श्लोक से प्रभावित प्रतीत होती हैं, जिसमें कहा गया है—

कर्मण्येवाधिकारस्ते मा फलेषु कदाचन।
मा कर्मफलहेतुर्भूर्मा ते सङ्गोऽस्त्वकर्मणि॥

मनुष्य का अपने कर्म पर ही अधिकार है, कर्म के फलों पर कभी नहीं। इसलिए कर्म को फल की चाह के लिए मत करो। कर्तव्य और कर्म करना ही हमारी प्राथमिकता होना चाहिए, अपने कार्यों से क्या लाभ होगा, उसके फेर में हमें नहीं पड़ना चाहिए।

एक बार प्रभाकर नाम के एक कवि महेश्वर दरबार में देवी अहिल्याबाई को कविता सुनाना चाहते थे। देवी ने उनके आग्रह को मानते हुए उन्हें अपनी रचना को सुनाने का अवसर दिया। लेकिन कविता सुनने के पश्चात् जो देवी ने किया, उससे सभी उनके सामने नतमस्तक हो गए।

कवि प्रभाकर ने दरबार में कविताएँ सुनाईं तो उसकी कविता की प्रत्येक पंक्ति में अहिल्याबाई के कार्य, गुण और महिमा की प्रशंसा की गई थी। अहिल्याबाई ने कविता में अपने गुणगान सुनने के पश्चात् कवि महोदय से कहा, “इस पोथी में मेरे गुणगान के अतिरिक्त और क्या है?” और उस कवि को बीच में रोककर कहा, “यदि तुम मेरे स्थान पर उस सर्वशक्तिमान परमात्मा के गुण-गौरव का वर्णन करते तो तुम्हारी लेखनी, परिश्रम और जीवन सार्थक हो जाता।”

अहिल्याबाई ने उस कवि को पुरस्कार देते हुए कहा—“आगे से मेरे विषय में इस प्रकार की रचना न किया करें। वह कवि यह पोथी अहिल्याबाई को समर्पित करना चाहता था, परंतु देवी ने उस पोथी को नर्मदा में डालने का आदेश दे दिया। सभी सभासद इस घटनाक्रम को देखकर भौचक रह गए। अहिल्याबाई आत्मप्रशंसा, वाहवाही एवं चिकनी-चुपड़ी बातों के आडंबर

से स्वयं को बहुत दूर रखती थीं। इस घटना से भी ध्यान आता है कि अपनी प्रशंसा करनेवाले, स्वार्थी और चाटुकारों को वे अपने से दूर रखती थीं।

अहिल्याबाई होल्कर के जीवन और कार्यों से प्रभावित हुए मराठी के ही सुप्रसिद्ध कवि प्रभाकर, अनंतफंदी घोलक, तत्कालीन सुप्रसिद्ध राजनीतिज्ञ नाना फडणवीस, दिल्ली दरबार में मराठा राजदूत श्री हिंगणेजी, स्कॉटलैंड की तत्कालीन सुप्रसिद्ध कवयित्री कुमारी जोना बेली, भारत के तत्कालीन अंग्रेज वायसराय लॉर्ड एलनबरो सहित तत्कालीन राजाओं और नवाबों ने भी अहिल्याबाई की मुक्त कंठ से प्रशंसा की थी।

पंडित कृष्ण शास्त्री चिपलणकर ने अहिल्याबाई होल्कर के चरित्र के विषय में एक स्थान पर लिखा है—"अहिल्या के चरित्र में परस्पर विरोधी गुण थे। जैसे वे एक स्त्री थीं, तब भी उनमें टिप-टॉप से रहने की बुद्धि उत्पन्न नहीं हुई। स्वधर्म पर अटूट प्रेम होने पर भी उन्होंने विधर्मियों के साथ कभी द्वेष नहीं किया। इतना ही नहीं, उन पर पूरी कृपा भी रखी। युवावस्था में विधवा हो जाने पर भी उन्होंने पूर्ण रूप से पतिव्रत धर्म का पालन किया। अपार संपत्ति की स्वामिनी होने पर भी एक तपस्विनी के समान अपना जीवन व्यतीत किया। अमर्यादित विशाल राज्य की स्वतंत्र स्वामिनी होते हुए भी अप्रतिमेय चातुर्य से संचालित करने पर भी उनमें अहंकार का लेशमात्र भी नामो-निशान नहीं था। वे जो कुछ भी करती थीं, उसमें परमेश्वर का भय रखती थीं। वे स्वत: अत्यंत शुद्ध व निर्मल मन की थीं। दूसरों के दोषों को तिरस्कार की दृष्टि से कभी नहीं देखती थीं, अपितु अपनी शक्ति भर उन दोषों पर परदा डालकर उन्हें सुधारने का प्रयत्न करती थीं। इस प्रकार अहिल्याबाई होल्कर मनुष्य रूप में किसी देवी का ही अवतार थीं।"

स्वर्गीय श्री रावबहादुर चिंतामण वैद्य ने होल्कर सरकार को एक सुझाव दिया था कि वह देवी अहिल्याबाई द्वारा किए गए कार्यों की एक अधिकृत सूची जारी करे, जिसमें पुण्यश्लोक देवी अहिल्याबाई द्वारा भारतवर्ष में स्थायी रूप से उनके द्वारा किए गए निर्माण कार्य का उल्लेख हो, जिससे उनके कार्यों

से जनता परिचित हो सके। उनके सुझाव अनुसार होल्कर सरकार ने 1923 में देवस्थान वर्गीकृत सूची जारी की थी। होल्कर सरकार ने स्वयं अपनी ओर से जानकारी एकत्रित कर ऐसे दान कार्य की सूची जारी की थी। केंद्र सरकार ने अपने राजपत्र में बहुत खोज-बीन के पश्चात् उस जानकारी का चयन कर उसको प्रकाशित किया था। भारत में देवी अहिल्याबाई का नाम तथा दान संस्थाएँ एक-दूसरे की पर्यायवाची हैं। खासगी ट्रस्ट यह जानकारी प्रकाशित नहीं करता तो उनके द्वारा ज्ञात कार्यों से भी समाज अपरिचित ही रहता।

अहिल्याबाई का जन्म स्वयं के राज्य विस्तार और प्रसिद्धि पाने के लिए नहीं, बल्कि मानव कल्याण के लिए ही हुआ था। महेश्वर के अहिल्येश्वर महादेव मंदिर पर लिखे शिलालेख में उनके विषय में सही ही लिखा है।

बला दिलायाँ कलिनिग्रहाय गृहीत-भूपाल-कलत्र-देहा।
साक्षादहल्याभिधया च तुल्या जनावनायाविरभूदवन्याम्॥

भावार्थ—“कलियुग के समस्त अपकृत्यों को दूर करने के लिए नहीं, अपितु जनसाधारण के विविध दु:खों को दूर करने के लिए होल्कर वंश में देवी अहिल्या ने महारानी के रूप में कार्य किया।”

अहिल्याबाई ने देश भर में अनेक मंदिरों, भवनों, धर्मशालाओं, कुएँ, बावड़ियों और तालाबों का निर्माण कार्य किया था, जिसकी गणना करना भी एक दुर्लभ कार्य है। इतने विशाल भारत में उनके द्वारा किए कार्य सर्वदूर बिना शिलालेख के भी उनका गुणगान कर रहे हैं। इतने महत्त्वपूर्ण और विस्तृत कार्य करने के पश्चात् भी देवी अहिल्याबाई प्रसिद्धि से हमेशा दूर ही रही थीं।

□

निर्वाण

प्रारंभ के अध्याय में हम पढ़ चुके हैं कि अहिल्याबाई के ससुर मल्हारराव होल्कर अधिकांश समय युद्धों में लगे रहने के कारण राष्ट्र-निर्माण के कार्य और राज्य संचालन में अधिक समय नहीं दे सके थे। उनके अधूरे कार्यों को अहिल्याबाई ने प्राथमिकता के साथ पूरा करके भारत की एकता और अखंडता को बनाने का आध्यात्मिक कार्य किया था। अहिल्याबाई की दृष्टि अपने सीमित राज्य तक न रहकर एक राष्ट्रीय दृष्टि रही थी। आगे चलकर राख में दबी हुई उसी राष्ट्र-चेतना का प्रकटीकरण सन् 1857 के स्वतंत्रता संग्राम के समय हुआ।

अहिल्याबाई परम शिवभक्त थीं, इसलिए राज्य की बागडोर अपने हाथों में आते ही तुरंत अपने आराध्य भगवान् शंकर को ही अपना राज्य समर्पित कर दिया था। राजकोष पर तुलसीदल चढ़ाकर उसे भी ईश्वर को अर्पित कर दिया और कभी अपने निजी कार्यों के लिए राजकोष के धन का उपयोग नहीं किया।

हर व्यक्ति के जीवन के अनेक पहलू होते हैं, उसमें उतार-चढ़ाव आते रहते हैं। ऐसा ही उतार-चढ़ाव भरा जीवन देवी अहिल्याबाई का रहा। देवी अहिल्याबाई का निजी पारिवारिक जीवन बड़ा ही दु:खद और तनावग्रस्त रहा था। 29 वर्ष की आयु में पति खंडेराव की मृत्यु से क्रम चला तो फिर वह रुका ही नहीं। सास गौतमाबाई, ससुर मल्हारराव और फिर पुत्र मालेराव का

स्वर्गवास देवी अहिल्याबाई के जीवन को विषादग्रस्त बना गया। इस शोक की अवस्था के पश्चात् उन्होंने अपनी प्रजा के कल्याण और धर्म के कार्यों हेतु अपना शेष जीवन ईश्वर को अर्पित कर और प्रजा को भगवान् मानकर उनकी सेवा में लगी रहीं।

अहिल्याबाई की पुत्री मुक्ताबाई को पुत्र रत्न की प्राप्ति का समाचार उनके जीवन में ऊर्जा का नव संचार कर गया था। उनके जीवन के इस आनंद भरे क्षण के कारण बहुत दिनों पश्चात् महेश्वर में खुशियों और प्रसन्नता का अवसर आया था। अहिल्याबाई के स्वभाव के अनुसार फिर ब्राह्मणों को दान, पुण्य, गरीबों को भोजन, वस्त्रों की भेंट का क्रम महेश्वर में कई दिनों तक चला। अहिल्याबाई अपनी पुत्री के पुत्र को देखने तराना गईं और कुछ दिनों पश्चात् अपनी पुत्री और उसके बालक नथ्योबा को देखकर महेश्वर लौटीं। कुछ समय पश्चात् उन्होंने पुत्री और नथ्योबा को अपने पास महेश्वर ही बुलवा लिया था।

नाती नथ्योबा अहिल्याबाई का अत्यंत प्रिय और लाड़ला बन गया था। इसलिए वह अधिकांश समय अहिल्याबाई के पास महेश्वर में रहा। देवी अहिल्याबाई ने उसका बड़े स्नेह से लालन-पालन किया। नथ्योबा के कारण पिता यशवंतराव फड़से और मुक्ताबाई भी अधिकांशतः महेश्वर ही रहने लगे थे। अहिल्याबाई के मन में अब अपने नाती को होल्कर राज्य का उत्तराधिकारी बनाने का विचार भी आने लगा था, क्योंकि वह उनकी पुत्री का पुत्र अर्थात् उनके अपने खून का ही अंश था। अहिल्याबाई ने 10-11 वर्ष की आयु में नथ्योबा का विवाह संपन्न कराया। अब वे उस अवसर की तलाश में थीं जब नथ्योबा हृष्ट-पुष्ट होकर अपने शरीर, व्यवहार और चरित्र से राज्य के पदाधिकारियों और प्रजा के मन में अपना स्थान बना सके। नथ्योबा अब उनके भविष्य का स्वप्न और आशा की किरण था।

अहिल्याबाई का दुर्भाग्य उनका पीछा छोड़ने को तैयार नहीं था, शायद भगवान् को भी उनकी खुशियाँ पसंद नहीं आ रही थीं। विवाह के पश्चात्

नथ्योबा क्षय रोग से ग्रसित हो गया, दिनों-दिन इस बीमारी के चलते वह अत्यंत कमजोर होता चला गया। अहिल्याबाई ने अनेक श्रेष्ठ वैद्य-हकीमों को बुलाकर उसका उपचार कराया था। उपचार के साथ ही उन्होंने नाती नथ्योबा के स्वास्थ्य लाभ हेतु अलग-अलग तरह से पूजा-पाठ, अनुष्ठान एवं दान-पुण्य के कार्य भी संपन्न कराए थे, किंतु नियति को तो कुछ और ही मंजूर था। सभी प्रकार के प्रयत्नों के पश्चात् भी नथ्योबा के स्वास्थ्य में कोई सुधार नहीं हुआ। इसके विपरीत उसकी बीमारी और अधिक बढ़ती चली गई। अंततः 15 नवंबर, 1790 को लगभग बीस वर्ष की आयु में नथ्योबा का स्वर्गवास हो गया।

अहिल्याबाई के पास धन, संपत्ति, साम्राज्य, कीर्ति, प्रतिष्ठा सभी होते हुए भी वे अपने प्रिय नाती की मृत्यु के देवता से रक्षा नहीं कर सकीं। अतः उन्होंने यह स्वीकार कर लिया कि संसार में एक भी ऐसा मनुष्य नहीं होगा, जिसके हाथ में उसके अथवा किसी के भी जीवन को बचाने का सामर्थ्य हो।

नथ्योबा की मृत्यु ने अहिल्याबाई के साथ-साथ उसके पिता यशवंतराव फड़से और माता मुक्ताबाई के जीवन को घोर अंधकार में धकेल दिया। यशवंतराव पर तो नथ्योबा की मृत्यु का असर ऐसा हुआ जैसे उनके जीवन पर पूर्ण विराम ही लग गया। उन्होंने अब बाहर जाना बंद कर दिया, धीरे-धीरे उनका स्वास्थ्य लगातार गिरता ही चला गया। अहिल्याबाई ने अपने जमाई के उपचार की सभी प्रकार की व्यवस्था का प्रबंधन किया, परंतु फिर भी उनके स्वास्थ्य में कोई सुधार न हो सका। नथ्योबा की मृत्यु के एक वर्ष पश्चात् ही यशवंतराव फड़से का 3 दिसंबर, 1791 को महेश्वर में स्वर्गवास हो गया। यशवंतराव की चिता के साथ ही मुक्ताबाई ने भी सती होने का निर्णय लिया और वह सती हो गई। अहिल्याबाई ने अपने जीवन के एक-एक कर सभी प्रियों को खो दिया था। अभी तक तो पुत्री मुक्ताबाई और जमाई यशवंतराव उनके साथ थे, लेकिन आज वे दोनों भी उन्हें छोड़कर परम धाम चले गए। संसार की यह विडंबना ही रही है कि मनुष्य ने जो चाहा, वह कभी नहीं हुआ,

बल्कि वही हुआ, जो ईश्वर ने चाहा है। मुक्ताबाई एकमात्र उनके पारिवारिक जीवन में शेष बची थी और उसके भी सती होने के बाद अहिल्याबाई के जीवन में रिक्तता के सिवाय अब कुछ शेष नहीं था। महेश्वर में जिस स्थान पर यशवंतराव और मुक्ताबाई का अंतिम संस्कार किया गया, आगे चलकर उस स्थान पर देवी अहिल्याबाई ने दोनों की अलग-अलग छत्री का निर्माण कराया।

बेटी मुक्ताबाई के सती होने से अहिल्याबाई के सारे दु:ख ताजा हो गए, एक-एक कर सभी बिछुड़े हुओं को वे याद कर बिलख-बिलखकर रोने लगती थीं। उनकी इस अवस्था को देखकर सभी के हृदय रोने लगते थे, सभी ने उनको ढाढ़स बँधाने का प्रयास किया। सभी ने वे सब प्रयास किए जिनसे देवी का दु:ख कम हो और उनके मन को शांति मिल सके, लेकिन अहिल्याबाई की स्थिति ऐसी थी कि उनका मन और अधिक विषादग्रस्त होता चला गया। वे एक ही स्थान पर निश्चल-मौन जीवित शव-सी पड़ी रहीं। तीन दिन तक खाना-पीना त्यागकर वे असीम दु:ख के बवंडर से सामना करती रहीं, लेकिन सदा की भाँति अपने विवेक के आधार पर कर्तव्यबोध से प्रेरित होकर वे फिर जागृत हो गईं। अपने कर्तव्यों के सामने अपने व्यक्तिगत दु:खों और भावनाओं को तिलांजलि देकर पुन: प्रशासनिक, धार्मिक एवं परोपकार के पुनीत कार्यों को करने के लिए सक्रिय हो गईं।

अहिल्याबाई और तुकोजीराव दोनों आयु के ढलान पर थे, इसलिए वे होल्कर राज्य के भावी उत्तराधिकारी को लेकर विचार-विमर्श करने लगे थे। तुकोजीराव का बड़ा पुत्र काशीराव था, जो विकलांग था। छोटा पुत्र मल्हारराव होल्कर था, लेकिन वह अत्यंत महत्त्वाकांक्षी और उद्दंड था। मल्हारराव स्वयं उत्तराधिकारी बनने के लिए काशीराव से झगड़ा करता रहता था और तुकोजीराव पर दबाव बनाता रहता था। प्रारंभ में मल्हारराव पर देवी का विशेष स्नेह था। देवी को लगता था कि आगे चलकर मल्हारराव शासन, व्यवस्था, न्याय और प्रजाजन की डोर सँभालेगा, किंतु देवी को अंतत: निराश

ही होना पड़ा। मल्हारराव में सुधार आने के स्थान पर उसकी उद्‌दंडता और बढ़ती गई। इसलिए अहिल्याबाई ने तुकोजी के बड़े पुत्र काशीराव को भावी उत्तराधिकारी बनाने का सुझाव तुकोजी को दिया था। साथ ही उन्होंने तुकोजी को अपने छोटे पुत्र मल्हारराव को समझाने का भी सुझाव दिया था। मल्हारराव तुकोजी के समझाने से भी समझने को तैयार न हुआ, वह लगातार कुछ-न-कुछ उत्पात करता ही रहता था। इस पारिवारिक कलह से भी माँ अहिल्याबाई चिंतित और दुःखित थीं।

अहिल्याबाई की आयु अब अधिक हो गई थी, उनकी वृद्धावस्था के लक्षण स्पष्ट दिखाई देने लगे थे। उनका शरीर असह्य दुःखों व कठोर साधना के कारण अशक्त हो गया था। मनुष्य के शरीर की एक सीमा होती है, तो फिर भला देवी का शरीर कब तक साथ देता? इसलिए वे अस्वस्थ रहने लगी थीं। उनको अब लगने लगा था कि सारे संसार में अब उनका अपना कोई नहीं है। अपने जीवन को लेकर वे घोर निराशा का अनुभव करने लगी थीं। उन्हें अपने चारों ओर गहन अंधकार की छाया ही दिखाई देने लगी थी। अब अधिकांश समय अपने पलंग पर लेटे-लेटे पुरानी स्मृतियों में खो जाया करती थीं।

अहिल्याबाई का स्वास्थ्य अब दिनोंदिन गिरता ही जा रहा था। वे शीत ज्वर की बीमारी से ग्रसित होकर अत्यधिक पीड़ा का अनुभव कर रही थीं। वैद्यजी औषधि देते, परंतु उनकी मर्जी होती तो ही वे औषधि का सेवन करती थीं। स्वास्थ्य कभी सुधर जाता तो कुछ दिनों बाद फिर बिगड़ जाता। वृद्धावस्था के पहले उन्हें ऐसी कोई बीमारी नहीं रही थी।

13 अगस्त, 1795 को अपनी राजधानी महेश्वर में उन्होंने बारह हजार ब्राह्मणों के भोजन का संकल्प छोड़ा? बहुत सा दान धर्म किया। रात होते-होते उनकी स्थिति अत्यंत नाजुक हो गई थी। दुःख और पीड़ा की पराकाष्ठा से मुखमंडल पर क्लांति छा गई थी। उनकी ऐसी स्थिति को देखकर वैद्यराज ने भी उनके अंतिम प्रयाण की आशंका व्यक्त कर दी थी।

मृत्यु के समय जीवन में किए कार्य व्यक्ति की आँखों के सामने नजर आने लगते हैं। अहिल्याबाई बिस्तर पर लेटे-लेटे अपनी प्रतिदिन की कठोर दिनचर्या का स्मरण करने लगीं। प्रतिदिन ब्रह्म मुहूर्त में उठना, दैनिक नित्यकर्म से निवृत्त होकर स्नान के पश्चात् अपने आराध्य राजराजेश्वर के दर्शन और अपने घर में पूजा-पाठ एवं ध्यान करना। सूर्योदय होने पर ब्राह्मणों से धर्मशास्त्रों को सुनना, फिर नित्यानुसार दान धर्म करके ब्राह्मणों को भोजन कराना। अपने आवास में निवासरत कर्मचारियों को भोजन कराकर फिर स्वयं भोजन करना और मध्याह्न हो जाने पर कुछ समय विश्राम करना। तृतीय प्रहर में राजसभा में जाकर आई हुई समस्याओं का सूर्यास्त तक निराकरण करके वापस आवास पर आना। पुनः लगभग दो घंटे पूजा-पाठ, फिर फलाहार करके रात्रि के प्रथम प्रहर (लगभग नौ बजे) पुनः राजसभा जाकर प्रशासनिक कार्यों को देखना और मध्यरात्रि से कुछ समय पूर्व आवास पर आकर विश्राम करना। इस सारी प्रतिदिन की दिनचर्या को असह्य दर्द के बीच स्मरण कर रही थीं।

महेश्वर के अपने दो मंजिला कच्चे कवेलू वाले आवास पर दर्द और पीड़ा के बीच उन्हें अब एहसास हो गया था कि उनके जीवन का आज अंतिम दिन है। उन्होंने स्वयं अपने ही हाथों से श्रद्धापूर्वक तुलसी और गंगाजल ग्रहण किया और शांत चित्त से भूमि पर बिछी हुई गादी पर लेट गई। कुछ क्षण लेटने के पश्चात् लगा उन्हें कुछ आभास हुआ, उनके ओठों पर गहरी मुस्कान उभरी, संपूर्ण जीवन की मुक्ति का सौंदर्य उस मुस्कान पर आ बैठा था। सब उपस्थित परिजनों को अभय मुद्रा में उन्होंने आशीर्वाद दिया और सदा-सदा के लिए संसार से विदा हो गईं।

रुदन-क्रंदन, चीत्कार, करुणा के वातावरण ने उनके शरीर से प्राण निकलने की सूचना को सर्वदूर प्रसारित कर दिया। आँगन में बाहर खड़े स्त्री-पुरुषों की आँखों में आँसुओं का समुद्र बहने लगा। अंतिम समय उनके नजदीक परिवार की वृद्धा हरकुँवर बाई, रखमाबाई, राधाबाई, कृष्णाबाई आदि

उपस्थित थीं। वे सभी माँ अहिल्याबाई के अंतिम प्रयाण के पश्चात् बिलख-बिलखकर आँसू बहाने लगीं। अपनी वरिष्ठ सासों की अवस्था देखकर नई बहुएँ आनंदीबाई, अन्नपूर्णाबाई, अंतबाई, लक्ष्मीबाई, गौतमा उर्फ जीजाबाई, यमुनाबाई, लाड़ाबाई, सेविकाएँ, काशीराव, मल्हारराव, विट्ठलराव, यशवंतराव, भारमल, राजसभा के समस्त पदाधिकारी आदि की आँखों से भी अश्रुधारा बहने लगी।

उसी समय देवी अहिल्याबाई की एक प्रिय श्यामा गाय ने भी प्राण त्याग दिए। प्रतिदिन प्रातःकाल अहिल्याबाई इस गाय के दर्शन कर उसे प्रणाम करती थीं। अहिल्याबाई के स्वर्गवास का दुःखद समाचार बिजली की गति से दूर-दूर तक फैल गया। जिसने भी सुना वह करुणाग्रस्त होकर अपने हाथों के सभी कार्य छोड़कर किले की ओर दौड़ पड़ा। छोटे से बड़े तक समस्त धर्म-संप्रदायों के लोग देवी अहिल्याबाई की याद में अधीर हो गए। आज उन सबकी देवी माँ उन्हें छोड़कर स्वर्गारोहण कर गई थीं। सबकी आँखों में उनकी मूर्ति और सबके मुँह पर उनकी कीर्ति की कहानी थी।

नर्मदा तट महेश्वर पहुँचकर असंख्य लोगों ने अपनी देवी के अंतिम दर्शन किए और उन्हें आदरांजलि दी। माँ अहिल्याबाई की चिता को संताजी होल्कर ने अग्नि दी। संयुक्त कोलाहल और रुदन के साथ सभी ने 'देवी अहिल्या माता-अमर रहें...अमर रहें।' का कर्णभेदी घोष गुंजायमान किया।

महेश्वर में नर्मदा के किनारे जिस स्थान पर उनकी अंत्येष्टि की गई, बाद में वहाँ उनकी छत्री बना दी गई। देवी अहिल्याबाई के स्वर्गारोहण के पश्चात् तुकोजीराव होल्कर ने राज्यभार को सँभाला। साथ ही काशीराव को उत्तराधिकारी बनाने का भी समारोह संपन्न किया गया। दो साल पश्चात् तुकोजीराव का भी स्वर्गवास हो गया।

अहिल्याबाई का जीवन एक आदर्श राज्य शासक का जीवन रहा है। उन्होंने शक्ति के बल पर नहीं, बल्कि प्रेम और भक्ति के बल पर प्रजा के

दिलों में अपना स्थान बनाया था। उनके लोक कल्याण के कार्य आज भी लोगों के लिए प्रेरणा का कार्य करते हैं। उनके धार्मिक कार्य लोगों के नैतिक और आध्यात्मिक जीवन को ऊपर उठाने की एक दिशा हैं। वे सभी धर्म, मत, पंथ को समान दृष्टि से देखती थीं। उनका अपनी प्रजा के प्रति आत्मिक प्रेम अपनी संतान के समान था। उनकी न्याय व्यवस्था उच्च कोटि की थी, उनकी प्रतिमा लोगों के दिलों में हाथ में शिव प्रतिमा लिये अंकित है। इसका मतलब उनका न्याय ईश्वर का न्याय था, ऐसा आज भी लोक कथाओं में चर्चित है। उनका प्रशासन का आधार सुशासन था। उनकी युद्ध नीति कठोर, सामंजस्य और सौहार्दपूर्ण थी। उन्होंने मनुष्य जीवन के आदर्श स्थापित किए, जो युगों-युगों तक समाज को प्रेरणा देते रहेंगे।

भारत राष्ट्र की राष्ट्र नायिका, राष्ट्रसेविका, पुण्यश्लोका, लोकमाता और देवी ने 70 वर्ष की आयु में भाद्रपद कृष्ण पक्ष चतुर्दशी शके 1717 तद्नुसार 13 अगस्त, 1795 को अपने जीवन को पूर्ण किया। अहिल्याबाई 28 वर्ष 5 माह 17 दिन शासन कर विश्व भर के सामने अपने आचरण से एक आदर्श शासक का उदाहरण प्रस्तुत कर गईं।

□

दहन स्थल महेश्वर देवी अहिल्याबाई होल्कर

भविष्य की दिशा

अहिल्याबाई भारत की उन महान् महारानियों में से एक है, जिन्होंने अपने कृतित्व और व्यक्तित्व से राजपरिवारों के साथ-साथ सामान्य जन को भी प्रभावित किया था। एक छोटे से गाँव के सामान्य धनगर परिवार में जन्म लेकर भी एक विशाल राज्य की महारानी बनने का सौभाग्य प्राप्त किया। इस प्रकार के व्यक्तित्व तीन बातों के कारण उभरकर सामने आते हैं—एक दैवीय शक्ति, दूसरा स्वयं की प्रतिभा और तीसरा पारिवारिक संस्कार, जिनके कारण बड़े-से-बड़े कार्यों को करने में वे सफल होते हैं। देवी अहिल्याबाई में ये तीनों बातें समान रूप से विद्यमान थीं।

वे अद्भुत प्रतिभा, विलक्षण क्षमता और सद्गुण संपन्न महान् नारी थीं। उनमें जितने सद्गुण थे, शायद ही इतने सद्गुण किसी एक व्यक्ति में मिलना संभव हो। अपने विराट्, तेजस्वी, कर्मठ और कर्तव्यपरायण जीवन के कारण वे अपने जीवनकाल में ही माँ, देवी के रूप में विख्यात हो गई थीं।

महाराष्ट्र के छोटे से गाँव चौंडी में अहिल्या का जन्म हुआ तो कोई कल्पना भी नहीं कर सकता था कि यह बालिका दुनिया भर में इतने सम्मान और आदर को प्राप्त करेगी। भाग्य जब प्रबल हो तो शून्य से विराट् बनने में समय नहीं लगता। ऐसा ही अहिल्या के जीवन में भी हुआ, जब इंदौर के सूबेदार मल्हारराव होल्कर ने अपने पुत्र खंडेराव की वधू के रूप में उन्हें चुना और अहिल्या का खंडेराव के साथ विवाह संपन्न हुआ। यह वास्तव में दैवीय

योग ही था, जिसके कारण वे होल्कर परिवार की बहू बनीं। विवाह पश्चात् अपनी धर्मपरायणता, श्रेष्ठ आचरण और व्यक्तिगत प्रतिभा से सभी को प्रभावित किया। चाहे उसमें परिवार हो, राज पदाधिकारी हो, सामान्य जनता हो या अन्य राज्य के राजे-रजवाड़े हों, सभी को अपने व्यक्तित्व और कृतित्व से उन्होंने प्रभावित किया। अहिल्याबाई को अपने माता-पिता से जो संस्कार मिले थे, उसके कारण वे छोटों से स्नेह, बड़ों का आदर और समवयस्कों के साथ सम्मान का व्यवहार करती थीं। इसलिए ससुराल के सभी लोगों का मन और विश्वास अर्जित करने में वे सफल हुई थीं। सास गौतमाबाई और मल्हारराव से राज संचालन के कौशल सीखे थे।

अहिल्याबाई ने रामायण, महाभारत और पुराणों की कथाएँ बचपन में ही सुनना प्रारंभ किया और इंदौर आने के बाद अंतिम समय तक प्रतिदिन सुनने का क्रम बना रहा। देवी ने शिवाजी महाराज के राज्य को अपनी प्रेरणा और रणनीति का आधार बनाया था। उसी आधार पर वे अपने समस्त निर्णय करती रही थीं। जिस समय जो निर्णय करना आवश्यक था, वे वही निर्णय किया करती थीं। अपने रणनीतिक कौशल के कारण वे एक समृद्ध राज्य खड़ा करने में सफल रहीं और लगभग 28 वर्षों तक कुशलतापूर्वक शासन का संचालन कर सकीं। देवी अहिल्याबाई में साहस, धैर्य और नेतृत्व क्षमता का अद्भुत कौशल था। रामायण, महाभारत और पुराणों के प्रभाव के कारण उनके आचरण में संवेदना, धर्माचरण, परोपकार आदि सद्गुण स्वाभाविक रूप से प्रकट हुए। अपनी प्रजा पर पुत्रवत् स्नेह रखा और अपनी संतान के समान उनके साथ व्यवहार किया।

विवाह के पश्चात् इंदौर आने पर अपने ससुर मल्हारराव के संरक्षण में उन्होंने हाथी की सवारी, घोड़े की सवारी, शस्त्रों का संचालन, सेना का संचालन एवं युद्ध कला का कौशल सीखा और अपनी सास गौतमीबाई के मार्गदर्शन में घरेलू कार्य सीखने के साथ ही प्रशासनिक, वित्त और राजनीति के कौशल भी सीखे। धीरे-धीरे उनके मन का विस्तार हुआ, जिसके कारण

उनमें राष्ट्रीय सोच विकसित हो सकी। अहिल्याबाई की बुद्धि कुशलता को देखकर मल्हारराव राजकाज और प्रशासनिक कार्यों में उनसे परामर्श लेने लगे थे। अपनी विनयशीलता, सेवा भावना, शांत स्वभाव के कारण वे अपने पति खंडेराव का मन ज़ीतने में भी सफल हो सकी थीं। अहिल्याबाई ने 1745 में पुत्र मालेराव और 1748 में पुत्री मुक्ताबाई को जन्म देकर मातृत्व का सुख प्राप्त किया। वैसे तो देवी दो बच्चों की माँ थीं, परंतु अपने हृदय की विशालता और वात्सल्यता के रस से वे परिपूर्ण थीं। इसलिए प्रजा उनको अपनी माँ समान ही मानती थी। इतने वर्ष बीतने के पश्चात् आज भी लोग आदरपूर्वक उनको माँ साहिबा ही कहकर पुकारते हैं।

अहिल्याबाई का जीवन सामान्य नहीं रहा था, उन्हें अनेक चुनौतियों का सामना करना पड़ा। सन् 1754 में कुंभेर के युद्ध में जाटों के विरुद्ध लड़ते हुए पति खंडेराव वीरगति को प्राप्त हो गए। पति की मृत्यु पर अहिल्याबाई सती होना चाहती थीं, किंतु ससुर मल्हारराव के करुणा से भरे निवेदन से अहिल्याबाई ने अपना सती होने का निर्णय बदल दिया। इसके पश्चात् अपना शेष जीवन ईश्वर को सौंपकर वे अपने सभी कार्य ईश्वर को समर्पित करके करने लगी थीं। धीरे-धीरे अपने मन को नियंत्रित कर उन्होंने राजकाज में सहभाग लेना प्रारंभ कर दिया। वे अपने ससुर के साथ मिलकर प्रशासनिक निर्णय में सहभागी होने लगी थीं। देवी अपने व्यवहार और धार्मिक कार्यों के कारण बहुत जल्दी जनता के बीच लोकप्रिय हो गई थीं, लेकिन ईश्वर को कुछ और ही मंजूर था, उनकी सास गौतमाबाई और सन् 1766 में ससुर मल्हारराव होल्कर की भी मृत्यु हो गई। अपने पुत्र मालेराव को राजगद्दी पर बैठाकर अहिल्याबाई स्वयं राज्य का संचालन करने लगीं, परंतु मृत्यु देवता एक के बाद एक परिवार के सदस्यों को काल का ग्रास बनाए जा रहा था। सन् 1767 में पुत्र मालेराव को भी मृत्यु देवता ने अपनी शरण में ले लिया। हे ईश्वर! पहले पति, फिर सास, फिर ससुर, फिर पुत्र! और कितनी परीक्षा लोगे! देवी असहाय होकर ईश्वर से प्रार्थना करने लगीं, लेकिन फिर भी

अहिल्याबाई ने हिम्मत नहीं हारी, दृढ़ता के साथ डटी रहीं। अहिल्याबाई की लोकप्रियता और अपनी प्रजा के प्रति स्नेह को देखकर पेशवा ने 11 दिसंबर, 1767 को अहिल्याबाई को मालवा राज्य की बागडोर देकर मालवा के सिंहासन पर विराजित कर दिया।

अहिल्याबाई ने राज्यभार सँभालने के पश्चात् सबसे पहला कार्य माँ नर्मदा के तट पर बसे पौराणिक केंद्र महेश्वर को अपनी राजधानी के रूप में परिवर्तित कर किया। देवी ने उस समय की परिस्थितियों का अध्ययन किया तो पाया कि राज्य में घोर अत्याचार, साधारण किसान, मजदूर अत्यंत ही दीन-हीन अवस्था में नजर आए, रूढ़ियों और अंधविश्वासों ने आम समाज को जकड़ रखा था, न्याय में न शक्ति थी, न ही किसी का विश्वास था। देवी ने इस विकट परिस्थिति को बदलने का निश्चय कर प्रजा के कल्याण के साथ समाज को जागरूक करने का महान् कार्य किया। वे लगभग 28 वर्षों तक अपनी कुशल प्रशासनिक क्षमता के आधार एक समृद्ध, न्यायपूर्ण और सुशासन आधारित राज्य अपने उत्तराधिकारी तुकोजीराव होल्कर को सौंप गईं। अपने परिवार के एक के बाद एक 13 सदस्यों को गँवाने के पश्चात् भी देवी अहिल्याबाई अपनी अंतिम श्वास तक प्रजा के प्रति संवेदनशील रहीं।

अहिल्याबाई ने शासन कैसे चलाया होगा यह महेश्वर के किले में लिखे उनके इन शब्दों से प्रकट होता है—"ईश्वर ने मुझ पर जो उत्तरदायित्व रखा है, उसे मुझे निभाना है। मेरा काम प्रजा को सुखी रखना है। मैं अपने प्रत्येक काम के लिए जिम्मेदार हूँ। सामर्थ्य व सत्ता के बल पर मैं यहाँ जो कुछ भी कर रही हूँ, उसका ईश्वर के यहाँ मुझे जवाब देना होगा। मेरा यहाँ कुछ भी नहीं है, जिसका है, उसी के पास भेजती हूँ, जो कुछ लेती हूँ, वह मेरे ऊपर ऋण (कर्जा) है, न जाने कैसे चुका पाऊँगी।" देवी इन्हीं भावों को लेकर सदा कार्य करती रही थीं।

अहिल्याबाई प्रत्येक दिन सूर्योदय से पहले उठती थीं। स्नान, पूजन, स्वाध्याय के पश्चात् विद्वान् ब्राह्मणों से रामायण, महाभारत की कथाएँ

सुनती थीं, इसके पश्चात् दीन-दु:खियों को भिक्षा, भोजन देकर थोड़ा विश्राम किया करती थीं और फिर दरबार में शासन के काम में व्यस्त रहती थीं। देवी अहिल्याबाई ने संपूर्ण भारत देश में मुगल काल के खंडित मंदिरों का जीर्णोद्धार, नवीन मंदिरों, तालाबों, कुओं, बावड़ियों, घाटों, धर्मशालाओं का निर्माण एवं अन्न क्षेत्र प्रारंभ किए थे। संपूर्ण भारत के प्रमुख तीर्थों में उनके किए कार्य आज भी देवी अहिल्याबाई की कहानी दोहराते हैं। शायद ही कोई प्रमुख स्थल होगा, जहाँ देवी ने कार्य न किया हो। संपूर्ण देश के प्रमुख तीर्थों पर उन्होंने अपने पवित्र कार्यों की गंगा बहाई थी। उन मंदिरों में अयोध्या, मथुरा, हरिद्वार, काशी, सोमनाथ, केदारनाथ, बद्रीनाथ, रामेश्वरम, घृष्णेश्वर, नासिक, श्रीशैलम, परली वैद्यनाथ, उज्जैन, ओंकारेश्वर, महेश्वर आदि के मंदिर प्रमुख हैं।

अहिल्याबाई ने अपने राज्य को न्याय के आधार पर खड़ा किया था। जबकि पूर्व काल में प्रजा न्याय से वंचित ही रही थी। लेकिन अहिल्याबाई शिव के न्याय को मानकर ही प्रतिदिन दरबार लगाती थीं, जो मुख्य रूप से लोगों की समस्या सुनने के लिए होता था। एक कथा बहुत प्रचलित है कि उनके बेटे मालेराव के रथ से एक गाय की बछिया मर गई, तो अहिल्याबाई ने आदेश दिया कि मालेराव को भी रथ से कुचल दिया जाए और जब रथ से मालेराव को कुचल रहे थे तो गाय उस रथ के आगे आकर अड़ गई, तभी मालेराव के प्राण बचे। आज इंदौर में वही स्थान आड़ा बाजार के रूप में जाना जाता है। 'श्री शंकर आज्ञेवरुन' (श्री शंकर की आज्ञानुसार) इस राजमुद्रा से चलनेवाला उनका शासन भगवान् शंकर के प्रतिनिधि के रूप में ही काम करता रहा। उनकी इस न्याय व्यवस्था के कारण लोग उन्हें देवी कहने लगे थे। अहिल्याबाई ने समाज में रूढ़ हो चुकी कुरीतियों को दूर करने का प्रयास किया, जिसमें नारी शिक्षा और विधवा अधिकार प्रमुख हैं।

अहिल्याबाई ने भारत के ज्ञान का शाश्वत संदेश देनेवाले विद्वान् ब्राह्मणों को संरक्षण और उन्हें पूर्ण महत्त्व दिया था। वे जानती थीं, सार्थक ज्ञान

की प्राप्ति व विद्या के अध्ययन-अध्यापन के बिना समाज का नैतिक स्तर ऊँचा नहीं उठाया जा सकता। मुगलकाल में इन विद्वान् ब्राह्मणों को बहुत ही दयनीय स्थिति से गुजरना पड़ा था। अहिल्याबाई ने राज्यभार सँभालते ही भारत के उस ज्ञान व धर्म को असाधारण महत्त्व प्रदान किया। देश भर के विद्वानों, पौराणिकों, साहित्यकारों, कीर्तनकारों, पंडितों, कर्मकांडियों, ज्योतिषियों आदि को देवी ने महेश्वर में आमंत्रित कर संरक्षण और सम्मान प्रदान कर आश्रय दिया था। देवी ने संस्कृत, हिंदी और मराठी में शिक्षा देने की महेश्वर में व्यवस्था की थी। अनेक वर्षों के पश्चात् भारतीय ज्ञान को व उस ज्ञान को प्रसारित करनेवाले संदेशवाहकों को राज्याश्रय देनेवाला कोई शासनकर्ता मिला था। अहिल्याबाई के शासन के आरंभिक वर्षों में जनता चोर-डाकुओं के आतंक से आतंकित थी, देवी ने अपनी प्रजा को इन चोर-डाकुओं से मुक्त कराने के अनेक प्रयास किए थे। महारानी अहिल्याबाई ने अपने राज्य में यह घोषणा करवा दी थी कि "जो कोई भी व्यक्ति चोर-डाकुओं के आतंक से मुक्ति दिलाएगा, उसके साथ मैं अपनी बेटी मुक्ताबाई का विवाह कर दूँगी।" यशवंतराव फणसे नाम के एक साहसी युवक ने यह दुष्कर कार्य करने का बीड़ा उठाया। उसने देवी के आदेश से चोर-डाकुओं का कठोरतापूर्वक दमन कर दिया था। देवी ने भी अपनी घोषणा अनुसार मुक्ताबाई का विवाह उस युवक के साथ संपन्न करा दिया। अहिल्याबाई ने अपने राज्य में कठोर दंड की व्यवस्था की थी। उन्होंने अपने राज्य की कर व्यवस्था पर भी विशेष ध्यान दिया था। अपने राज्य की एक-एक समस्या को अहिल्याबाई प्रतिदिन स्वयं देखती थीं। अपने राज्य के हर पहलू पर देवी ने विचार किया था, इसी कारण उनके राज्य में साहित्य, संगीत, कला, उद्योग, कर क्षेत्र में विकास हुआ।

देवी ने अनेक यात्री मार्गों का निर्माण और मार्ग के दोनों ओर छायादार वृक्ष लगवाए थे। उन्होंने धर्मशालाओं, कुओं और बावड़ियों का निर्माण कार्य कराया था। आज जब good governance (सुशासन) की बात चलती

है तो स्वाभाविक रूप से देवी अहिल्याबाई का शासन इसका उत्कृष्ट उदाहरण है।

देवी अहिल्याबाई ने मुगलकाल में निर्मित हुई व्यवस्थाओं को परिवर्तित करने का कार्य किया। उस समय महिलाओं की स्थिति अत्यंत दयनीय अवस्था में थी, उनका समाज में स्थान अत्यंत ही गौण था। नारी का स्थान घर के भीतर ही था और घर के भीतर भी उसका कोई अधिक महत्त्व नहीं था। महिलाओं की शिक्षा व विकास के कोई अवसर नहीं थे। उनका जीवन अत्यंत दुःखी, असुरक्षित व अनेक सामाजिक बंधनों में बँधा हुआ था। ऐसे कठिन समय में अहिल्याबाई ने अपने घर को स्वर्ग बनाया, बाहर एक विशाल राज्य का सफलतापूर्वक संचालन किया। साथ ही देवी ने नारी सुरक्षा, नारी सम्मान, नारी स्वावलंबन के कार्य किए। उन्होंने उस दौर में अपनी स्वयं की नारी सेना गठित की थी, जिसमें 500 की संख्या थी। देवी ने विधवा महिलाओं के लिए भी अनेक सुधार कार्य किए थे, पति की मृत्यु के पश्चात् संपत्ति में अधिकार दिलाए थे। अपने यहाँ कार्य करनेवाली एक विधवा सेविका का उन्होंने स्वयं विवाह संपन्न कराया था।

अहिल्याबाई का चित्र अधिकतर लोगों ने भगवान् शिव को अपने हाथों में रखे हुए ही देखा है, जो उन्हें न्यायमूर्ति के रूप में स्थापित करता है। जबकि जरूरत पड़ने पर वे युद्धभूमि में दुश्मन के सामने खड़े होने का साहस रखनेवाली वीरांगना भी थीं, जिससे अधिकांश लोग अपरिचित नहीं हैं। अहिल्याबाई में युद्ध कौशल, रणनीति कौशल, राजनीति कौशल और अद्भुत नेतृत्व क्षमता थी। अहिल्याबाई ने अपना एक महिला सैनिक दल तैयार किया था। अवसर आने पर कई बार स्वयं भी सैनिक वेश में युद्ध मैदान में उतरकर दुश्मन को झुकने को मजबूर कर चुकी थीं, जब पुत्र मालेराव की मृत्यु के पश्चात् पूना के पेशवा के चाचा रघुनाथ राव (राघोबा) होल्कर राज्य को हड़पने के लिए पचास हजार की सेना लेकर नर्मदा पार कर खातेगाँव तक आ गए थे। उन्होंने देवी को संदेश भेजा—"राजगद्दी पर केवल पुरुष ही बैठते

हैं, महिलाएँ नहीं, इंदौर की राजगद्दी पर एक विधवा बैठे, यह हमें स्वीकार नहीं। अतः आप तुरंत यह राज्य हमें सौंप देवें। यह भी ध्यान रहे कि हम सेना के साथ आए हैं।" अहिल्याबाई ने भी चुनौती को स्वीकारते हुए उन्हें कठोर भाषा में पत्र भेजा—"किसी विधवा के पास संवेदना प्रकट करने के लिए सेना सहित जाना, शायद पेशवाओं में यही रिवाज होगा। इस संवेदना के लिए आपकी आभारी हूँ। जहाँ तक गद्दी पर किसी विधवा के बैठने का प्रश्न है, आपको स्मरण होगा कि छत्रपति राजाराम की मृत्यु के बाद उनकी विधवा ताराबाई ने गद्दी सँभाली थी, फिर मेरे पास राज्य है ही कहाँ, जो मैं आपको सौंप दूँ। वह तो मैं कब का कुलदेवता को समर्पित कर चुकी हूँ और उनकी सेविका के रूप में उनकी धरोहर की रखवाली कर रही हूँ। आप सेना सहित आए हैं, इस बात का ध्यान रख मैं भी सेना सहित आपका स्वागत करने आ रही हूँ। हमारी पूरी सेना लड़ेगी। उसकी अग्रिम पंक्ति में महिलाओं की टुकड़ी रहेगी, जिसका नेतृत्व मैं स्वयं करूँगी। मेरी हार होने पर सभी मराठों की सहानुभूति मुझ 'अबला' के साथ होगी, लेकिन यदि कहीं आप हार गए तो एक 'अबला' से पराजित होने का कलंक जीवन भर के लिए आपके माथे पर लग जाएगा। सोच लीजिए, फिर आप दुनिया को क्या मुँह दिखाएँगे।" महारानी के पत्र की भाषा इतनी कठोर और स्पष्ट थी कि राघोबा को सोचने में अधिक समय नहीं लगा। उसने सेना को वापस नर्मदा के पार भेज दिया और अकेले ही हाथी पर सवार होकर सांत्वना प्रकट करने इंदौर आया। इस प्रकार अपनी कुशल रणनीतिक समझ के आधार पर पूरी सेना को युद्ध मैदान से पीछे हटने को मजबूर कर दिया।

अहिल्याबाई ने भानपुरा-रामपुरा के युद्ध में स्वयं सैनिक वेश में पहुँचकर राजपूतों को पीछे हटने को विवश कर दिया था। उन्होंने मराठा साम्राज्य पर अंग्रेजों के खतरे को बहुत पहले ही भाँप लिया था। यह बात अहिल्याबाई द्वारा सन् 1772 में पेशवा को लिखे एक पत्र से ज्ञात होती है, जिसमें पेशवा को अंग्रेजों से सावधान रहने को कहा गया था—"शेर को साहस और

आक्रामकता से मारा जाता है, लेकिन चतुर रीछ को मारना बहुत मुश्किल होता है, क्योंकि एक बार उसके कब्जे में आने पर उसे मारना बहुत मुश्किल होता है, ऐसा ही कुछ हाल अंग्रेजों का भी है।"

व्यापार और कृषि को लेकर देवी ने अनेक योजनाओं पर कार्य किया था। इंदौर को एक छोटे से गाँव से एक समृद्ध शहर में बदलने का श्रेय देवी अहिल्याबाई को ही जाता है। साथ ही उन्होंने अपनी राजधानी इंदौर से महेश्वर लाकर उसे भी एक समृद्ध और पवित्र नगर के रूप में ख्याति दिलाई थी। उन्होंने महेश्वर में घाट निर्माण कराया था, काशी विश्वनाथ का मंदिर और कई महत्त्वपूर्ण भवन वहाँ बनवाए थे। अपने राज्य के भील और किसानों को खेती के लिए प्रशिक्षण और संसाधन उपलब्ध कराए थे। पानी के लिए तालाब बनाए, जिससे किसान समृद्ध हो गए। महेश्वर में साड़ी बनाने के लिए हैंडलूम स्थापित किए, जिससे महेश्वर की साड़ी पूरे भारत में प्रसिद्ध हुई। इंदौर और महेश्वर को केंद्र बनाकर उद्योग-व्यापार को बढ़ावा दिया। इस प्रकार एक सामान्य जागीर को अहिल्याबाई ने देश का एक समृद्ध राज्य बना दिया था।

माँ अहिल्याबाई का राज्य उत्तर में रामपुरा, भानपुरा तथा दक्षिण में राजपूताने तक और निमाड़ क्षेत्र में दक्षिण पठार तक फैला हुआ था। उत्तर-पूर्व में झालावाड़ राज्य पूर्व में ग्वालियर, देवास राज्य, उत्तर में उदयपुर, कोटा तथा दक्षिण में निजाम व पेशवा के राज्य से होल्कर राज्य की सीमाएँ मिली हुई थीं। पूरे होल्कर राज्य की वार्षिक आय 75 लाख से बढ़कर सवा करोड़ रुपए पहुँच चुकी थी। पड़ोसी राज्यों के प्रति महारानी अहिल्या देवी की मैत्री नीति, समता, परस्पर सहयोग और अनाक्रमक शांति से संबंधित थी, इसलिए उन्हें सभी पड़ोसी राजाओं व नवाबों से सहानुभूति और सम्मान मिला।

एक शासक के रूप में अहिल्याबाई का जीवन सादगी, सरलता, संयम से पूर्ण था। उन्हें किसी प्रकार की चापलूसी और आत्म प्रशंसा कतई पसंद नहीं थी। एक बार की बात है, प्रभाकर नाम के एक ब्राह्मण कवि ने अहिल्याबाई की प्रशंसा में एक पुस्तक लिखकर उन्हें भेंट की। साथ ही पुस्तक के कुछ

अंश उनके सामने पढ़े, जिसे अहिल्याबाई ने बहुत धैर्यपूर्वक सुना। उसे पढ़ने के पश्चात् सख्त लहजे में कहा, आगे से इस प्रकार की रचना न लिखें और उस पुस्तक को नर्मदाजी में फेंकने का आदेश दिया। अहिल्याबाई ने अनेक विद्वान् ब्राह्मणों और साहित्यकारों को आश्रय दिया और सम्मानित किया था, परंतु उनसे कभी स्वयं की प्रशंसा में कुछ नहीं लिखवाया। संपूर्ण भारत में पुनीत कार्य किए, परंतु उसका श्रेय नहीं लिया। देवी अहिल्याबाई ने प्रसिद्धि से दूर रहकर अपने परोपकार के कार्य संपन्न किए थे।

भारत राष्ट्र की राष्ट्र नायिका, राष्ट्रसेविका, पुण्यश्लोक, लोकमाता और देवी के नाम से संपूर्ण भारत में जानी जाने वाली माँ अहिल्याबाई होल्कर का 70 वर्ष की आयु में भाद्रपद कृष्ण पक्ष चतुर्दशी शके 1717 तद्नुसार 13 अगस्त, 1795 को अपने साधारण से आवास में महेश्वर में स्वर्गवास हो गया। अहिल्याबाई 28 वर्ष 5 माह 17 दिन शासन कर विश्व के राजनयिकों के सामने अपने आचरण से एक आदर्श शासक का उदाहरण प्रस्तुत कर गईं। अहिल्याबाई की विरासत आज भी जीवित है और उनके द्वारा निर्मित कराए गए विभिन्न मंदिर, धर्मशालाएँ और सार्वजनिक कार्य इस देवी की महानता की गवाही दे रहे हैं।

अहिल्याबाई का जीवन एक आदर्श राज्य शासक का जीवन रहा है। उन्होंने शक्ति के बल पर नहीं, बल्कि प्रेम और भक्ति के बल पर प्रजा के दिलों में अपना स्थान बनाया। उनके लोक कल्याण के कार्य आज भी लोगों के लिए प्रेरणा का कार्य करते हैं। उनके धार्मिक कार्य लोगों के नैतिक और आध्यात्मिक जीवन को ऊपर उठाने की एक दिशा हैं। सभी धर्म, मत, पंथ को समान दृष्टि से देखती थीं। उनका अपनी प्रजा के प्रति आत्मिक प्रेम अपनी संतान के समान था। उनकी न्याय व्यवस्था उच्च कोटि की थी। उनकी हाथ में शिव प्रतिमा लिये वाली छवि लोगों के मन पर अंकित है। इसका मतलब उनका न्याय ईश्वर का न्याय था, ऐसा आज भी लोक कथाओं में चर्चित है। उनका प्रशासन का आधार सुशासन था। उनकी युद्ध नीति कठोर, सामंजस्य

और सौहार्दपूर्ण थी। उन्होंने मनुष्य जीवन के जो आदर्श स्थापित किए, वे युगों-युगों तक समाज को प्रेरणा देते रहेंगे। भारत सरकार ने भी उनकी स्मृतियों को स्थायी बनाने के लिए वर्ष 1996 में अहिल्याबाई होल्कर के नाम पर एक डाक टिकट जारी किया था।

माँ अहिल्याबाई होल्कर भारत के मध्यकाल में उभरी एक ऐसी तेजपुंज थीं, जिन्होंने अपनी अभूतपूर्व क्षमताओं और कार्यशैली से भारत के इतिहास में एक स्वर्णिम अध्याय जोड़ दिया। अबनिंद्रनाथ टैगोर (मशहूर चित्रकार व रवींद्रनाथ टैगोर के भतीजे) द्वारा बनाया गया भारत माता का चित्र अहिल्याबाई होल्कर को कल्पना में रखकर ही बनाया गया था, जिसमें उन्होंने भारत माता को एक तपस्वी के रूप में शांत, दिव्य, रचनात्मक और आध्यात्मिक रूप में दिखाया था। माँ अहिल्याबाई का व्यक्तित्व इसी तपस्विनी की तरह ही दिव्य और अद्वितीय था। ऐसे तेजस्वी व्यक्तित्व के बारे में किन कारणों से इतिहासकारों ने चुप्पी धारण की, यह एक यक्ष प्रश्न है, जिसे समझना मुश्किल है। इतना ही नहीं, विद्यालयों/ महाविद्यालयों के इतिहास के पाठ्यक्रम से ऐसी सशक्त देवी को गायब कर देना अकादमीय अपराध ही है। सच का बीज धरती की गहरी-से-गहरी और अँधेरी-से-अँधेरी कोख से बाहर निकलने का मार्ग खोज ही लेता है। माँ अहिल्याबाई का व्यक्तित्व, कृतित्व और उनके द्वारा किए गए परोपकारी कार्य जनता तक किसी-न-किसी रूप में पहुँच बना ही रहे हैं।

अहिल्याबाई के समकालीन और उनके पश्चात् देश-विदेश के विद्वानों ने उनके विषय में जो कुछ भी लिखा, वह सकारात्मक ही लिखा है। देवी के विषय में कभी किसी ने नकारात्मक टिप्पणी नहीं की है। आज भी अनेक लेखक और साहित्य से जुड़े विद्वानों ने देवी के व्यक्तित्व में कुछ नया ही खोजने का प्रयत्न किया है। देवी के संबंध में प्राप्त अभिलेख, साहित्य और टिप्पणियों से हमें उनके विचारों का ज्ञान होता है।

अहिल्याबाई होल्कर के शासनकाल में पुणे दरबार के प्रमुख नाना

फडणवीस ने उनके संबंध में टिप्पणी की थी—"अहिल्याबाई पुरुषार्थ, दूरदर्शिता व महानता में अद्वितीय हैं। कोई भी इन बातों में उनकी बराबरी नहीं कर सकता।"

माँ अहिल्याबाई के समकालीन रहे और उनसे प्रत्यक्ष भेंट करनेवाले कवि मोरोपंत, अनंतफंदी, प्रभाकर और खुशालीराम ने भी देवी की महिमा का गुणगान किया है।

देवी अहिल्याबाई की स्मृति को अमर बनाने के उद्देश्य से महाराजा यवंतराव प्रथम के कार्यकाल में महारानी कृष्णाबाई होल्कर (खासगी जागीर की प्रशासक) ने महेश्वर किले के दक्षिणी भाग में एक सुंदर घाट और देवी अहिल्याबाई की छत्री का निर्माण कार्य सन् 1834 में लगभग एक करोड़ रुपए की लागत से पूर्ण कराया था। इस छत्री के प्रवेश द्वार के पास लगे संस्कृत शिलालेख में देवी अहिल्याबाई की कीर्ति, होल्कर राजाओं के संक्षिप्त परिचय, देवी अहिल्याबाई होल्कर की छत्री निर्माण के उल्लेख तथा कृष्णाबाई की प्रशंसा से अलंकृत है। शिलालेख के चौथे एवं पाँचवें श्लोक में बताया गया है कि उनकी (खंडेराव की) पत्नी अहिल्याबाई थीं, जो उनके (पति के) कार्य (राजधर्म एवं राज्य संचालन) का पालन करती हुई अपने निर्मल चरित्र से संसार में महर्षि अत्रि और वशिष्ठ की पत्नियों अनसूया और अरुंधति का स्मरण दिलाती हैं। उन्होंने पृथ्वी पर इस कार्यकाल के निग्रह तथा जनसमाज की रक्षा के लिए रानी का शरीर धारण किया था और वे साक्षात् अहिल्या (गौतम ऋषि की पत्नी) के तुल्य थीं। इस तरह यह देवी अहिल्याबाई होल्कर की स्मृति को ताजा करनेवाली अमर रचना है।

अहिल्याबाई का शासन अंग्रेजों को भी आदर्शमयी शासन लगा। उस काल में अत्यंत सरलता से चलनेवाला देवी अहिल्याबाई का एकमात्र राज्य मालवा था। इसलिए इतिहासकार स्टीवर्ड गॉर्डन उनके संबंध में लिखते हैं—"अहिल्याबाई का शासन 18वीं सदी का सबसे मजबूत एवं टिकाऊ शासन था।"

अहिल्याबाई की राजव्यवस्था और उनके जीवन से प्रभावित होकर दुनिया भर के इतिहासकार उनकी ओर आकर्षित हुए। एक यूरोपीय शोधकर्ता सर जॉन मैल्कम अपनी पुस्तक 'The Memory of Central India' में लिखते हैं—"अहिल्याबाई की असाधारण क्षमता ने उन्हें अपनी प्रजा और नाना फडणवीस सहित अन्य मराठा संधियों का सम्मान दिलाया। मालवा के स्थानीय निवासियों के साथ उनका नाम पवित्र है और उन्होंने अवतार या दिव्यता के अवतार की शैली धारण की है। गंभीर दृष्टि से उनके चरित्र को ध्यान में रखते हुए वे निश्चित रूप से, अपने सीमित क्षेत्र के भीतर, अब तक के सबसे शुद्ध और सबसे अनुकरणीय शासकों में से एक प्रतीत होती हैं।"

सन् 1849 में जोआना ने अहिल्याबाई का उल्लेख करते हुए एक कविता में लिखा था—"For thirty years her seign of peace, The land in blessing did increase And she was blessed by every tounge, By stern and gentle, old and young Kind was her heart and bright her fame And ahilya was her hounered name."

"तीस वर्ष तक उसकी शांति का प्रतीक, भूमि में आशीर्वाद बढ़ता गया और हर भाषा ने उसे आशीर्वाद दिया, कठोर और कोमल, बूढ़े और जवान द्वारा। उसका दिल दयालु था और उसकी प्रसिद्धि उज्ज्वल थी और अहिल्या उसका सम्मानपूर्ण नाम था।"

पंडित जवाहरलाल नेहरू ने अपनी पुस्तक 'भारत एक खोज : 1946' में लिखा है—"मध्य भारत में, इंदौर की अहिल्याबाई का शासन तीस वर्षों तक चला। यह एक ऐसे काल के रूप में प्रसिद्ध है, जिसके दौरान इंदौर में एक उत्तम व्यवस्था और अच्छी सरकार बनी तथा लोगों को समृद्धि प्राप्त हुई। वे एक बहुत ही योग्य शासक और प्रबंधक थीं, जिन्हें अपने जीवनकाल में बहुत सम्मान प्राप्त हुआ। उनकी मृत्यु के बाद कृतज्ञ लोगों द्वारा उन्हें एक संत के रूप में माना गया।"

माँ अहिल्याबाई की प्रखर मेधा, सूझबूझ, दूरदर्शिता और राजनयिक

क्षमता के कारण उनकी नजरों से राजनीति से जुड़ी कोई भी बात छुप नहीं सकती थी। देवी की इन्हीं विशेषताओं के कारण ब्रिटिश इतिहासकार जॉन कीस ने उन्हें The Philosopher Queen (दार्शनिक रानी) की उपाधि से विभूषित किया था।

देवी अहिल्याबाई की 300वीं जयंती वर्ष के उपलक्ष्य में राष्ट्रीय स्वयंसेवक संघ की अखिल भारतीय साधारण सभा 2024 में सरकार्यवाह श्री दत्तात्रेय होसबले ने "पुण्यश्लोका देवी अहिल्याबाई की जीवन यात्रा प्रेरणा का महान् स्त्रोत" कहते हुए वक्तव्य जारी किया है।

देश-विदेश के विद्वान् भी देवी को एक उच्च आदर्शवान नारी के रूप में स्वीकार करते हैं। उनका जीवन मानव समाज के लिए आदर्श है। आज के इस सांस्कृतिक और राजनीतिक पतन के समय में माँ अहिल्याबाई का जीवन सभी लोगों के लिए भविष्य की दिशा का कार्य कर सकता है। इसलिए उनके जीवन को भविष्य की पीढ़ी के सामने रखना बहुत आवश्यक हो जाता है।

माँ अहिल्याबाई के कृतित्व ने भारत के सांस्कृतिक गौरव की पुनर्प्रतिष्ठा की है, भावी पीढ़ी के निर्माण के लिए उनका जीवन चिंतन का एक सूत्र है। उनके कृतित्व की व्यापकता ने उन्हें राष्ट्रव्यापी और कालजयी बनाया है। आज का भारत जिस सामाजिक और सांस्कृतिक संक्रमणता के दौर से गुजर रहा है ऐसे में अहिल्याबाई का जीवनवृत्त सभी के लिए समझना और उसका अनुकरण करना आवश्यक है। उनका जीवन वर्तमान पीढ़ी को उन्नत बनाने के लिए एक आदर्श अध्याय है। देवी का जीवन आज के राजनेताओं के लिए दिशानिर्देश है। साथ ही आम समाज के लिए उसका आचरण अनुकरणीय है।

आज के समय में राजनैतिक वातावरण जिस प्रकार का है, उसमें अपराध और भ्रष्टाचार एक शिष्टाचार बन गया है। राजनेता अपने आचरण को शुचितापूर्ण रखने के स्थान पर और अधिक भ्रष्ट होते जा रहे हैं। इस राजनीतिक वातावरण में माँ अहिल्याबाई का आदर्श उन सभी राजनेताओं

को एक सीख है। कैसे एक लोक प्रशासक 'सादा जीवन उच्च विचार' के सिद्धांत पर अपने राज्य को लोक कल्याणकारी राज्य बना सकती है। देवी ने शुचितापूर्ण जीवन जीते हुए सभी कार्य किए, जो एक लोक प्रशासक को करने चाहिए। आज जब राजनेताओं के चरित्र को गढ़ने की बात होती है, तो उन्हें देवी अहिल्याबाई का जीवन चरित्र अवश्य पढ़ाना चाहिए। देवी अहिल्याबाई को आधार में रखकर शासन स्तर पर कुछ कार्य आवश्यक होने चाहिए।

1. भारत सरकार ने देवी अहिल्याबाई की जयंती पर उनकी स्मृति को स्थायी बनाए रखने के लिए उनके जन्मदिवस को 'राष्ट्रीय महिला दिवस' घोषित करना चाहिए, जिससे दुनिया भर की महिलाएँ देवी अहिल्याबाई के जीवन से प्रेरित हो सकें।
2. देवी अहिल्याबाई के नाम से सरकारों को लोक कल्याण की योजनाएँ चलानी चाहिए।
3. नारी सशक्तीकरण की दृष्टि से देवी अहिल्याबाई के नाम से शासन स्तर पर प्रयत्न होने चाहिए।
4. विद्यालयीन और महाविद्यालयीन स्तर के पाठ्यक्रम में देवी के विविध कार्यों को पढ़ाया जाना चाहिए।

देवी अहिल्याबाई ने एक शासक होने के बाद भी एक सामान्य मनुष्य का जीवन जिया था। अपने व्यक्तिगत जीवन में उन्होंने कभी किसी का दिल नहीं दुखाया था। दु:खी और पीड़ित मानवता की सेवा में अंतिम श्वास तक लगी रही थीं। देवी ने अपने जीवन को ईश्वर सेवा में अर्पित करके अपने सभी कार्य ईश्वर को समर्पित कर किए थे। उनका शुद्ध, पवित्र और पारदर्शी जीवन प्रत्येक मनुष्य के लिए अनुकरणीय है। माँ अहिल्याबाई ने सामाजिक क्षेत्र में मानव समाज के सामने उच्च आदर्श स्थापित किए हैं।

सामाजिक समरसता : माँ अहिल्याबाई ने अपने जीवन में कभी किसी प्रकार का सामाजिक भेदभाव न करते हुए अपने राज्य में सामाजिक समरसता

का श्रेष्ठ उदाहरण प्रस्तुत किया है। देवी ने छोटे-बड़े, गरीब-अमीर, ऊँच-नीच और पंथ-संप्रदाय का कभी कोई भेदभाव नहीं किया था। उनके राज्य में कोई भी मनुष्य बिना भेदभाव के अपनी समस्या सुनाने देवी के दरबार में उपस्थित हो सकता था। माँ अहिल्याबाई धनगर जाति से आती थीं, लेकिन विद्वान् ब्राह्मण भी उन्हें पूर्ण आदर और सम्मान की दृष्टि से देखते थे। देवी ने गरीब और ब्राह्मण दोनों के लिए समान रूप से अन्न-क्षेत्र संचालित किए थे।

अपने राज्य में सामाजिक समरसता को स्थापित करने के लिए अनेक सामाजिक कार्य प्रारंभ किए थे। उन्होंने प्रचलित रीति-रिवाजों, व्रतों, त्योहारों आदि को अत्यधिक महत्त्व दिया था। इस प्रकार देश के अनेक भागों में और विशेषकर मालवा व महाराष्ट्र में, देवी के कारण सांस्कृतिक आदान-प्रदान का प्रचलन बढ़ा था। धार्मिक व सामाजिक उदारता देवी की एक प्रमुख विशेषता थी। इसका भी सामाजिक और सांस्कृतिक जीवन पर व्यापक व स्थायी परिणाम हुआ था।

भारतीय परिवार : आज जब भारत में सयुंक्त परिवार टूट रहे हैं तो माँ अहिल्याबाई का कुटुंबीय एवं पारिवारिक जीवन सबके लिए प्रेरणा का काम करता है। भारत की परंपरा के अनुकूल उनका कुटुंबीय एवं पारिवारिक जीवन रहा था। सामान्यत: परिवार और कुटुंब का केंद्र नारी होती है। अहिल्याबाई भारत की उसी नारी का प्रतिनिधित्व करती हैं, इंदौर आकर होल्कर परिवार की धुरी बनी थीं। अहिल्याबाई ने एक आदर्श बेटी, आदर्श बहू, आदर्श पत्नी, आदर्श माँ और आदर्श समाजसेवी के रूप में पारिवारिक जीवन के उच्च आदर्श स्थापित किए। उनका परिवार सयुंक्त परिवार था, उन्होंने होल्कर परिवार को कभी बिखरने नहीं दिया। देवी ने परिवार में छोटों को स्नेह, समवयस्क को सम्मान और बड़ों को आदर देने की परंपरा को बनाया था। वर्तमान में हमें भी समाज में देवी के परिवार से प्रेरित होकर आदर्श परिवार का वातावरण बनाने की आवश्यकता है।

पर्यावरण : भारतीय वाङ्मय में प्रकृति को भी भगवान् माना गया है।

अहिल्याबाई ने इस बात को ध्यान में रखकर पर्यावरण अनुकूल जीवन जिया और वैसा ही जीवन जीने का आदर्श सभी के सामने रखा। उनका जल प्रबंधन अद्भुत था, अपने राज्य में अनेक तालाब देवी अहिल्याबाई द्वारा निर्मित कराए गए थे। देश भर में उन्होंने असंख्य कुओं और बावड़ियों का निर्माण कार्य कराया था। अपने राज्य के कृषकों को वृक्ष लगाने के लिए नि:शुल्क पौधे उपलब्ध कराए थे। वट, पीपल और आँवले के पौधे लगाने पर देवी उन्हें पुरस्कार देती थीं। उन्होंने अपने राज्य में मार्गों के दोनों ओर छायादार और फलदार वृक्ष लगाए थे। अहिल्याबाई ने महेश्वर में मछली पकड़ने पर प्रतिबंध लगाया हुआ था। प्रतिदिन स्वयं अपनी श्यामा गाय को चारा खिलाती थीं और गौशाला में गायों के लिए प्रतिदिन चारा भिजवाया करती थीं। अहिल्याबाई जीव मात्र से प्रेम करती थीं, उनका जीवन सदा पर्यावरण हितैषी रहा था। आज के इस भोगवादी समय में मनुष्य पर्यावरण विरोधी की भूमिका निभा रहा है, ऐसे समय देवी अहिल्याबाई का जीवन पर्यावरण योद्धाओं के लिए प्रेरणा है।

'स्व' के भाव का बोध : राष्ट्रीयता, भारतीयता का बोध कराना है तो समाज को अपने स्वत्व का बोध कराना और स्वत्व का जागरण कराना बहुत अनिवार्य है। अपने 'स्व' के भाव का जागरण हम हमारी आनेवाली युवा पीढ़ी में कर पाए तो हम भारत को विश्व में एक सशक्त राष्ट्र के रूप में स्थापित करने में सफल हो सकेंगे। अहिल्याबाई होल्कर ने अपने राज्य को उसी 'स्व' के आधार पर तैयार किया था, जिसके कारण एक समृद्ध राज्य के रूप में वे अपने राज्य को बनाने में सफल हो सकीं। अहिल्याबाई ने अपने स्व के आधार पर शासन प्रबंध, न्याय प्रबंध, व्यापार और कृषि कार्य संपन्न किए थे, जिसके कारण उनके राज्य में पर्याप्त रोजगार उपलब्ध हुए। वस्त्र उद्योग के कारण पुरुष ही नहीं, महिलाओं को भी रोजगार के पर्याप्त अवसर मिले। उनके परोपकारी कार्यों के कारण शिल्पकार, वास्तुकार, बढ़ई, कारीगर और मजदूरों को रोजगार उपलब्ध हुए थे। माँ अहिल्याबाई ने अपनी सांस्कृतिक, सामाजिक और राजनीतिक व्यवस्था स्व के आधार पर ही खड़ी की थी।

आज के युवा जब STARTUP की ओर अग्रसर होते हैं तो उनके लिए देवी अहिल्याबाई एक प्रेरणा के रूप में प्रस्तुत होती हैं।

नागरिक अनुशासन : साधारण परिवार में जन्म और नाममात्र की शिक्षा लेने के बाद भी जब वे एक राज्य की महारानी बनीं तो उन्होंने अपने आप को उस उच्च पद के योग्य तैयार कर सतत् नई ऊँचाइयों को प्राप्त किया। किसी भी प्रकार का छोटापन, स्वार्थ या छल-कपट उनके जीवन में नहीं था। 'यथा राजा तथा प्रजा' के अनुसार अपना जीवन जिया था। उन्होंने एक रानी होते हुए भी एक सामान्य नागरिक जैसा आचरण किया और अपने जीवन को पूर्ण पारदर्शी बनाए रखा। माँ अहिल्याबाई ने स्वयं भी आर्थिक शुचिता का पालन किया और जब ससुर मल्हारराव, पति खंडेराव और राज्य अधिकारियों ने भी आर्थिक शुचिता का पालन नहीं किया तो उन्हें भी रोककर उनसे भी पालन कराया था। पुत्र मालेराव ने जब अपराध किया तो स्वयं उसे सजा देने को तत्पर हो गईं और उसके जीवन में भी परिवर्तन आया। देवी अहिल्याबाई के शुद्ध, पवित्र और पारदर्शी जीवन के कारण उनकी प्रजा भी उसी आचरण का पालन करने लगी थी। जब किसी राष्ट्र की उन्नति की बात होती है तो उस देश के नागरिकों के नागरिक अनुशासन से ही शुरुआत होती है। अहिल्याबाई होल्कर का जीवन उसी नागरिक अनुशासन से पूर्ण था।

माँ अहिल्याबाई ने अपनी प्रजा को सब तरह से सुखी बनाया था। उनका राज्य सच्चे अर्थों में रामराज्य था। उस युग में उन्होंने जैसा उत्कृष्ट शासन संचालन किया, वह सब दृष्टियों से अनुपम था। अपने राजनीतिक जीवन को देवी ने जो पवित्रता प्रदान की, वह अनुकरणीय है। धर्माचरण व राज्य संचालन इन दोनों कार्यों को सफलतापूर्वक श्रेष्ठता के साथ संपन्न किया। उन्होंने यह सत्य भी अच्छी तरह से स्थापित कर दिया कि राज्य संचालन की जितनी योग्यता व शक्ति पुरुषों में होती है, उतनी ही महिलाओं में भी होती है। उन्होंने अपने सात्विक जीवन से यह भी सिद्ध कर दिया कि लोक-परलोक दोनों एक साथ साधे जा सकते हैं।

माँ अहिल्याबाई का नाम सदा-सदा के लिए भारत के इतिहास में स्वर्णाक्षरों में अंकित हो गया है। माँ अहिल्याबाई का जीवन किसी एक परिवार, एक वर्ग या प्रदेश तक ही सीमित न होकर संपूर्ण भारत के लिए आदर्श है। प्रात:स्मरणीया माँ अहिल्याबाई होल्कर ने मानव मात्र की सुख-शांति के लिए जो कार्य किए, उन्हें कभी भुलाया नहीं जा सकता। माँ अहिल्याबाई का श्रेष्ठ जीवन संपूर्ण मानव समाज की अमूल्य व प्रेरक निधि है। आज देवी का स्मरण करते ही छोटे-बड़े सभी लोगों का मस्तक उनके प्रति श्रद्धा-भक्ति से नत् हो जाता है। अपनी इस अगाध श्रद्धा के कारण ही देश की जनता ने उन्हें देवी की उपाधि प्रदान की है। वास्तव में माँ अहिल्याबाई भारत राष्ट्र की सच्ची सेविका थीं, इसलिए उन्हें राष्ट्रसेविका माँ अहिल्याबाई कहना उपयुक्त ही है।

□

जग में प्रसिद्ध हो गई अहिल्याबाई

कल-कल, छल-छल बहती नर्मदा माई,
महाराष्ट्र में थे, माता-पिता और दो भाई,
चौंडी से विवाह होकर वह इंदौर आई,
जग में प्रसिद्ध हो गई अहिल्या माई॥ 1॥

ससुर मल्हार के मन को अति भायी,
इंदौर में मार्गदर्शक बनी गौतमाबाई,
पति खंडेराव से उसने प्रीत लगाई,
जग में प्रसिद्ध हो गई अहिल्या माई॥ 2॥

सीख कार्य घर-गृहस्थी के वह हरषाई,
शस्त्र, घुड़सवारी और तलवार चलाई,
लोक कल्याण और करती रही भलाई,
जग में प्रसिद्ध हो गई अहिल्या माई॥ 3॥

पुत्र-पुत्री थे मालेराव और मुक्ताबाई,
परिवार, धर्माचरण की रिति निभाई,
भारत के तीर्थों का भ्रमण कर आई,
जग में प्रसिद्ध हो गई अहिल्या माई॥ 4॥

आनंद और खुशियाँ उससे हुई पराईं,
पति, सास-ससुर को उसने दी विदाई,
पुत्र मालेराव की मौत से वह घबराई,
जग में प्रसिद्ध हो गई अहिल्या माई॥ 5॥

मालवा राज्य स्वामिनी अहिल्याबाई,
महारानी बनकर आदर्श रानी कहलाई,
राम राज्य की उसने थी रीति निभाई,
जग में प्रसिद्ध हो गई अहिल्या माई॥ 6॥

राजनेताओं को कर्तव्य राह दिखाई,
शासन उद्‌देश्य हो जनता की भलाई,
देवी अहिल्या की त्रिशताब्दी आई,
जग में प्रसिद्ध हो गई अहिल्या माई॥ 7॥

राष्ट्रसेविका बनी माँ अहिल्याबाई,
राष्ट्र-धर्म हित अंतिम श्वास लगाई,
नारी जीवन संघर्ष गाथा मैंने गाई,
जग में प्रसिद्ध हो गई अहिल्या माई॥ 8॥

□

संदर्भ ग्रंथ

- *'नारी अग्रदूत अहिल्याबाई'*—हीरालाल शर्मा
- *'अहिल्याबाई'*—वृंदावनलाल वर्मा
- *'शिवकामिनी महादेवी अहिल्याबाई'*—अरुंधति सिंह चंदेल
- *'स्त्री से देवी अहिल्याबाई होल्कर भाग-1'*—जगदीश 'जोशीला'
- *'स्त्री से देवी अहिल्याबाई होल्कर भाग-2'*—जगदीश 'जोशीला'
- *'बाल मासिक देवपुत्र इंदौर'*—बाल अहिल्या विशेषांक
- *'भारत की तेजस्वी नारियाँ'*—कृष्णानंद सागर
- *'ऐतिहासिक नारियाँ'*—मुरारी लाल गोयल
- *'अहिल्याबाई स्मारिका 1970'* खासगी (देवी अहिल्याबाई होल्कर चेरिटीज) ट्रस्ट।